그래,

잠시만 도망가자

그래, 잠시만 도망가자

이종범 에세이

위즈덤하우스

아마도 작고
멋없을
테지만

10대 후반에는 자기계발서를 좋아했다. 살아가는 게 무서웠기 때문이다. 20대 중반부터 자기계발서를 피해 다니게 되었다. 지쳤기 때문이다. 이 책의 꼭지들은 대부분 그렇게 두려움과 피곤함 사이에 끼어서 쓴 글들이다. 친구들이 보기에 나는 이것저것 많은 일을 하고 있는 것 같지만 그중 대부분은 도망 다니는 일이었다. 나의 찌질함과 멍청함, 타인의 기대, 해야 할 일들과 할 수 있는 일들로부터 열심히 도망치다가 가끔 에너지가 차면, 하나둘 건드려보고, 지치면 다시 도망 다니곤 했다.

나는 김수박 작가님의 〈아날로그맨〉이라는 만화의 열렬한 팬이다. 그 작품의 주인공(작가와 동일 인물이 아닐까 생각한다)

역시 나만큼 찌질한데 딱히 그것 때문만은 아니다. 주인공이 길이나 공사장에서 잠을 청하는 장면 속의 엄청난 디테일과 노하우들이 흥미진진하기 때문이다. 나는 〈생활의 달인〉 같은 프로그램에 등장하는 그럴싸하고 쓸모 있는 노하우들이 아니라 아즈마 히데오의 만화 〈실종일기〉에 나오는 알콜 중독자로서의 삶의 노하우 같은 것들에 마음을 빼앗긴다. 아마도 작고 멋없지만 당사자에게는 생존이 달린 노하우이기 때문일 것이다. 그런 의미에서 나는 일종의 도망치는 노하우를 누군가와 나누고 싶었는지도 모른다.

영화 〈컨택트(테드 창의 SF소설 『당신 인생의 이야기』를 영화화한 작품)〉를 보면 앞으로 일어날 모든 슬픔과 기쁨의 결말을 이미 알고 있는 상태에서 발걸음을 떼는 주인공이 등장한다. 영화 속에서는 잔잔한 숭고함을 느낄 수 있지만 가끔 비슷한 경험을 숭고하지 않게 겪어야만 할 때가 있다. 이를테면 자신이 쓴 에세이집의 프롤로그를 쓰는 일이 그렇다. 프롤로그는 가장 먼저 독자를 만나는 글이지만 보통 가장 마지막에 쓰게 되기 때문이다. 이 시점에서 내가 쓴 에세이들을 다시 읽어보니 딱히 대단하고 도움 될만한 노하우를 전하고 있는 것 같지도 않다는 부끄러움에 몹시 괴롭다. 하지만 나는 이런 감정으로부터

도 적당히 도망칠 생각이다. 모쪼록 이 글들이 누군가의 도주
로에 함께하는 건조 식량 정도는 되길 바란다.

2018년 봄

이종범

2부 나라는 인간

3부 웹툰 작가로 산다는 것

4부 타인의 의미

5부 지속 가능한 행복의 비밀

1부

**고민하며
살고
있습니다**

태어나 보니
알래스카

알래스카에서 태어나고 자란 청년이 있었다. 어쩌다가 국제기구에서 진행한 소수민족 관련 행사에 부족 대표로 참석하게 된 그는 난생처음 비행기를 타고 다른 나라로 향했다. 알래스카가 아닌 곳에 도착하여 비행기에서 내리면서 그 청년이 했던 첫마디는 이것이었다.

"…이렇게 안 추울 수도 있는 거였군요."

상처로 얼룩진 가정에서 태어나거나 물려받은 가난 속에서 늘 아르바이트를 하며 지내야만 하는 사람들을 종종 만나곤 한다. 그들은 자신이 선택하지 않은 고통 때문에 어느새 무기력함과 자괴감을 옷처럼 걸치며 지낸다. 덮어두고 도망치다가도 문득 좀 괜찮아졌나 들여다보면 여전히 상처로 남아있는 일상.

용기가 나지 않아 현실을 직시하지 못하는 삶. 누군가를 미워하고 누군가에게 분노하는 마음으로 하루하루를 버티다 보면, 어느새 근거 없는 자괴감 속에서 자신이 정말 멋지고 괜찮아 보인다는 감각을 완전히 잊게 된다. 적어도 20대 초중반의 나는 그랬다.

하지만 내가 택하지 않은 혹독한 추위의 어느 극지방에서 삶을 시작한 사람이나 태어나 보니 사막이었던 사람, 내가 선택한 게 아님에도 너무나 고생하며 살아야 하는 이런 현실을 아무도 알아주지 않는 팍팍한 삶 속에서 우리가 이루어낸 말도 안 되는 위업이 하나 있다. 바로 지금까지 생존해냈다는 것이다. 살아남은 생존자로서 지금의 하루를 보내고 있다는 엄청난 일을 해낸 것에 적어도 스스로는 찬사를 보내야 한다. 왜냐하면 그 찬사는 아무도 보내주지 않기 때문이다.

한 수용소 생존자의 수기에서
가장 기억에 남았던 말

"나는 **생존**이라는 최고의 성취를 이루었다."

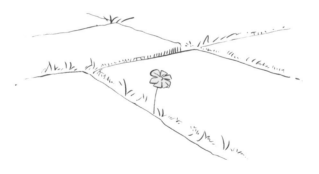

꿈에
속아 넘어가는
사람들

독자에게 한 통의 메일을 받았다. 하고 싶은 일이 아무것도 없어서 고민이라는 내용이었다. 이런 메일을 하루에 서너 통 이상은 받는다. 꿈을 강요하는 사회에서, 자신은 꿈이 없다고 생각하는 사람들은 죄책감을 느끼며 자기도 모르게 "죄송합니다, 제가 꿈이 없어서"라는 말로 자기소개를 시작한다. 하지만 나는 이 사람들이 죄의식을 느끼지 않길 바란다. 물론 뉴스도 인터넷도 어른들도 부모님도 꿈을 좋은 것이라 강요하는 세상에서 그런 죄책감을 갖지 않는 게 쉽지 않겠지만. 그래서 오랜 기간 혼자서 고민했다. 과연 꿈을 일찍 갖는 것이 좋을까. 물론 꿈은 직업이나 진로와 다른 말이지만 의미를 좁혀서 직업과 진로에 대해서만 생각을 정리해보고 싶었다.

가끔 나에 대한 인터뷰 기사를 읽어보면 이런 식으로 내 소개를 시작하는 경우가 있다. '어린 시절부터 만화가라는 꿈을 갖고 + 열심히 노력해서 + 결국 그 일을 직업으로 삼은 사람' (일단 저 글 자체가 100퍼센트의 진실은 아닐 뿐 아니라) 한국에서는 나 같은 케이스를 '좋은 사례'로 여긴다는 것이 느껴진다. 하지만 나는 이런 사례가 가장 위험천만하다고 생각한다.

사실 꿈을 가진 사람은 나이와 무관하게 그 자체로 빛이 난다. 열정으로 빛나는 하루하루. 그런 사람들에게는 알 수 없는 매력이 흐르기 때문에 늘 주변에 사람들이 머문다.

'나는 내가 갈 길을 알고 있어.' 이것이 꿈의 매력이다. 여기엔 항상 열정이나 노력 같은 단어가 따라붙는다. 그래서 만화가 중에 어느 순간 진로를 변경해 회사에 취업하기라도 한 사람들은 아주 오랜 시간 동안 '나는 꿈을 배신했어…'라는 자체 고문을 하며 살아간다. 심지어 자신이 현재 즐겁게 일하며 행복하게 살고 있더라도 그러한 자체 고문은 성실하게 이어지게 마련이다. 이것이 꿈의 가장 큰 기만성이다. 꿈은 그 자체로 빛나지만, 매우 교묘하게 사람을 속인다.

한 만화가가 있다. 어린 시절 그림을 곧잘 그려서 주변에서 "너 만화가 해라!"라는 소리를 듣고 자랐다. 자신도 만화가 좋았기 때문에 만화가를 목표로 열심히 그림을 그렸다. 결국 우여곡절 끝에 만화가가 되어 연재도 하고 결혼도 하고 아이도 낳았다. 그런데 계속해서 뭔가 이건 아니다 싶은 기분을 느끼며 30대 중반에 접어들었다. 그러다가 어느 날 피씨방에 붙어 있는 온라인 게임의 화려한 포스터를 보고 한순간에 깨닫는다. '내가 되고 싶었던 건 게임 원화가였구나.'

내 이야기는 아니지만 상당히 많은 동료 작가들이 공감을 표했던 이야기다. 내가 어렸을 때는 지금처럼 스타급 게임 원화가들이 없었다. 한국에 게임 원화가라는 직업이 전무하던 시절이었으니까. 그때는 누군가가 "너 만화가 하면 되겠다"라고 말하면 '아, 나는 만화가가 되고 싶은 거구나'라고 자연스럽게 생각했다.

내 만화를 좋아해 주던 열세 살의 여학생 독자가 있었다. 어느 날 우연히 BBC 다큐멘터리 한 편을 보고 나서 그 학생은 멋지게도 다큐멘터리 감독을 꿈꾸게 되었다. 그날부터 그 학생은 열심히 준비했다. 친구들이 놀러 다닐 때도 단편 다큐영화제 수상작들을 찾아서 보고, 도서관에 가서 촬영 편집에 관한 책도 읽어봤다. 나중엔 장비도 대여해서 직접 찍어보기도 했다고 한다. 당연히 주변엔 친구들이 많았고 다들 그 친구를 멋있다고 생각했던 것 같다. 시간이 흘러 그 학생은 대학생이 되었고, 경험 삼아 동아리 활동을 시작했다. 그런데 그 동아리가 꽤 자기에게 맞는 곳이었던 모양이다. 동아리 활동에서 예상하지 못했던 즐거움을 느끼고 점점 열심히 행사를 만들고 참여했다. 하루는 동아리 행사 중 너무나 즐거운 시간을 보내고 행복감에 젖어 집으로 돌아가다가 아무 생각 없이 새로운 진로를 꿈꾸는 자신을 발견하고는, 자기도 모르게 고개를 흔들며 이렇게 말했다고 한다.

"무슨 소리야, 나는 다큐멘터리 감독이 될 사람인데."

꿈은 행복하기 위해서 꾸는 것이다. 그러나 아주 일찍 꿈을 정하고 진로를 준비하는 사람들은 훗날 자신을 더 행복하게 만들어 줄 무언가를 만나게 되었을 때 자신도 모르게 스스로를 속인다. 앞뒤가 바뀌는 것이다. 차라리, 아직 자신이 무엇에 몰두하는지 몰라서 아무런 계획도 진로도 세우지 못한 상황이 낫다. 조금 더 불안하고 초조할지언정 자신을 속이진 않기 때문이다. 그러나 주변에서 "뭐라도 좋으니 꿈을 가져!"라고 외치는 나날이 계속된다면, 겁에 질린 소년 소녀는 결국 무언가를 쥐게 된다. 물에 빠진 사람이 흔히 그렇듯, '아무거나 일단' 잡게 된다는 것이 문제일 뿐.

진로 강의를 하러 가면 늘 아이들에게 자신이 알고 있는 직업을 싹 다 적어 보라고 한다. 대부분 50~60개를 넘기기 어렵다. 내가 아는 가장 많이 쓴 사람도 100개를 못 채웠다. 그러나 한국에 존재하는 직업은 1만 2000개가 조금 넘는다고 하니 우리는 그중에서 120분의 1도 모르는 셈이다. 그리고 직업을 모른다는 문제 이전에 더 중요한 지점은, 자신이 무엇에 매료되는지도 아직 모를 수 있다는 것이다. 브루마스터(맥주제조장인)를 꿈꾸는 중학생은 없다. 그 직업의 존재 자체를 모르기도 하지만, 아직 맥주의 맛을 탐닉해본 적도 없기 때문이다.

거듭 말하지만 꿈은 그 자체로 멋지다. 소년 소녀의 사랑처럼, 상대방을 사랑하는 것이 아니라 사랑에 빠진 나 자신을 사랑하는 경우일 수도 있지만 뭐 어떤가, 그것도 사랑이다. 사랑에 빠진 자신에 대한 사랑. 다만 중요한 것은 아직 좋아하는 무언가를 찾지 못했다고 죄의식을 느끼지 않았으면 좋겠다. 동시에 '꿈은 변한다'는 명제를 보다 마음 편하게 인정했으면 좋겠다.

꿈은 늘 변한다. 그리고 변했다가 다시 돌아올 수도 있다. 그러니 장렬하게 열정을 불태워 만화건 소설이건 또는 그 무엇에건 목숨을 걸 시간에 그 직업 자체와 자신의 행복 포인트에 대해서 조금 더 알아보는 것도 나쁘지 않다고 생각한다(물론 그렇게 하도록 놔두지 않는 이 세상에 지속적으로 열 받고 있지만). 물론 일단 직접 해보는 것도 매우 큰 도움이 된다. 관두는 것이 죄가 아니라는 것만 인정한다면 그건 가장 좋은 탐색이다.

찬란히 빛나야 할 시간을 고통으로 채우곤 하는 한국의 10대와 20대 시절, 그 망망대해를 건너가는 데 쪽배가 되어 도와주는 것만으로도 지나가고 변해버린 꿈은 충분히 아름답다. 변해버린 마음을 애써 외면하면서 아직도 사랑한다고 자신을 속이는 것이야말로 우리가 불행해지는 최단거리 지름길이다.

그래,
잠시만 도망가자

내 만화 〈닥터 프로스트〉는 어떤 이유로 인해서 감정의 대부분이 막힌 심리학자가 다양한 사람들을 만나 그들이 가진 마음의 상처를 치료해주는 이야기다. 그러다 보니 작업을 하면서 다양한 마음의 병과 트라우마를 지닌 사람들을 만나게 된다. 늘 취재를 많이 하다 보니 나도 모르게 사석에서 만난 독자에게도 이렇게 물어볼 때가 많다.

"혹시 뭔가 트라우마를 안고 살아가시나요?"

그러면 거의 예외 없이 이런 대답이 돌아온다.

"아뇨, 저는 잘 살고 있는데요?"

트라우마라는 말이 지금은 흔히 사용되지만 여전히 거창해 보이기 때문이겠지. 하지만 내가 만화를 그리면서 가장 크게 느낀 건 트라우마가 아주 일상적인 개념이라는 것이다(물론 심리학 용어로서의 트라우마는 보다 엄밀하게 사용되어야 하지만). 작은 예로는 어떤 음식을 먹고 크게 아프거나 체해 그 후로 그 음식을 다시는 못 먹게 되는 것도 트라우마의 일종이다(심리학에서는 '가르시아 효과'라고 한다). 혹은 초보 운전 때 큰 사고를 낸 운전자가 운전을 다시 하는 데 큰 어려움을 겪는 것도 한 예다. 요즘은 취업이 잘 되지 않아 자존감이 낮아진 청년이 명절 때 겪은 친척들과의 일을 트라우마로 간직하기도 한다.

트라우마는 우리 일상의 풍경이다. 그러다 보니 아주 많은 책과 강연은 우리에게 트라우마를 다루고 극복하는 방법을 알려준다. 대부분은 극복하는 법, 직면하는 법, 외면하지 않고 도망치지 않는 방법들을 이야기한다. 하지만 나는 어느 때부턴가 진심으로 조금 다른 이야기를 하고 싶어졌다. 그러려면 나의 트라우마 중 한 가지에 관해 이야기해야 한다.

웹툰 작가는 혼자 작업을 하는 경우가 많다. 그러다 보니 SNS를 자주 하게 된다. 웹툰 작가에게 인터넷이란 다른 사람들로 치면 회사나 학교 같은 곳이다. 우리는 인터넷 상에서 사람들에게 작품을 보여주고 반응을 얻는다. 일을 하다가 쉴 때도 인터넷에서 많은 시간을 보낸다. 그런데 몇 년 전 이러한 인터넷 상에서 아주 많은 사람들에게 상처를 준 일이 있었다. 동료 웹툰 작가들 사이에서 피해자와 가해자가 발생한 중대한 사건이 터졌는데 그 사건에서 내가 가해자를 옹호하고 피해자를 억압했다는 혐의를 받은 것이다.

사실부터 말하자면 나의 정확한 첫 발언은 "양측의 말을 한번 다 들어보자"였다. 그러나 가해자로 지목된 작가와 동갑이고 같은 매체에 연재하고 있으며 기득권으로 보일 수 있는 내 말은 가해자 옹호로 받아들여졌고 무서운 기세로 인터넷의 각 게시판에는 나에 대한 욕설이 올라오기 시작했다. 처음에는 화가 났다. 점점 감정적으로 변해가는 나를 느꼈다. '왜 내가 하려는 말을 못 알아듣는 거지?' 그리고 곧 이어 큰 잘못을 하게 됐다. 사람들이 전부 난독증에 걸린 것 같다는 글을, 그것도 부족해서 마치 사람들이 기성 언론의 프레이밍에 휘둘리는 뻔하고 얄팍한 사람들인 양 쓴 것이다. 공개적으로 말이다. 이 글이 많은 이들에게 상처를 줬다는 사실을 깨닫는 데는 많은 시간이 걸리지 않았다. 당연하게도 SNS와 인터넷 커뮤니티, 내 만화의 댓글난에는 폭발적인 비난이 쏟아지기 시작했다.

이 당시의 경험 덕분에 나는 나 자신에 대해서 아주 많은 것을 배웠다. 내 안에는 사람들을 무시하는 마음이 숨어 있다는 것. 그리고 대화를 원한다고 늘 이야기하고 다니면서도 사실

나 자신의 억울함에 대한 두려움이 그보다 몇 배는 크다는 것. 마음을 정리하고 말을 골라가며 장문의 사과문을 작성했다. 그러나 이미 많이 늦은 뒤였다.

지금은 많은 이들이 알고 있겠지만 SNS에서 욕을 먹는 일은 마른 들의 불과도 같다. 아침에 눈을 뜨면 누군가에게 욕을 먹으면서 하루를 시작하게 되고, 전교생이 나를 싫어한다는 것을 뻔히 알면서도 학교에 가는 기분으로 일을 시작했다. 하루가 끝나고 집에 오는 길 위의 모든 사람들이 나에게 손가락질을 하며 욕하는 기분이었다. "너 같은 사람은 만화를 그릴 자격도 없으니 관두라"라는 말도 참 많이 들었다. 이런 나날이 지속된 지 석 달쯤 지났을 무렵 내가 항상 취재하던 환자분들의 일상이 나의 일상이 되었다. 신경쇠약 증세와 심각한 우울증 증세가 같이 찾아오기 시작한 것이다. 친구들은 늘 나에게 이렇게 이야기했다.

"야, 인터넷 보지 마. SNS 그만해."

그런데 참 이상하게도 나는 그 전보다 인터넷과 SNS에 미친 사람처럼 파고들었다. 사람들이 뭐라고 하는지 일일이 찾아보고 검색했다. 새로 고침의 밤이 계속됐다. 심리치료 중에는 '노출치료'라는 것이 있다. 자신이 두려워하는 대상과 일부러 접촉해서 그것에 익숙해지는 치료다. 그런데 사실 이 치료법은 아주 섬세한 방법이기 때문에 반드시 전문가에 의해 이루어져야 한다. 그런데 나는 나 자신에게 멋대로 강행한 것이다. 왜냐하면 도망가선 안 되니까. 그러다가 결국, 완전히 망가져버렸다.

그때 내 만화에 자문을 해주는 정신건강의학과 선생님들 중 한 분이 내게 물었다.

"작가님 누가 그렇게 하라 그랬어요? 누가 그렇게 열심히 찾아보고, 그렇게 '정면 승부' 하라 그랬어요? 대체 왜 그러시는 거예요?"

이 말을 듣고 나자 문득, 아무도 나에게 그렇게 열심히 달려들라고 하지 않았다는 생각이 들었다. 그러나 이내 깨달았다. 사실은 그렇지 않다는 걸. 알고 보니 나는 태어나서 지금까지 아주 오랜 기간 동안 계속해서 이 말을 듣고 살아왔다는 것을 깨달았다.

"도망가지 말고, 정면으로 이겨내라."

음악가나 운동선수들이 연습하는 것을 본 적이 있다. 그 사람들은 매우 기본적이고 단순한 동작을 하루 종일 반복한다. 그렇게 해야 몸에 '길'이 나기 때문이다. 몸에 길이 생기면 어떤 동작을 무의식적으로 자연스럽게 할 수 있다. 그런데 가만히 생각해보면, 우리 몸뿐 아니라 마음과 생각에도 길이 난다. 늘 어떤 말을 들었던 사람들은 어느 순간 자동적으로 그렇게 생각하게 된다. 우리가 어렸을 때 부모님 세대가 가장 많이 하던 말이 있다.

"넌 할 수 있어, 이겨낼 수 있어."

그리고 학교에 들어갈 나이가 되면 수많은 위인들이 이겨내고 극복한 이야기를 듣게 된다. 심지어 이런 유행어도 있었다. "못해서 안 하는 게 아니라 안 해서 못하는 거다."

오죽하면 학창 시절 소풍과 수학여행을 대신해서 가는 곳의 이름이 '극기 훈련'이었을까. 그렇게 나이를 먹어서 군대에 갔더니 '하면 된다'가 공기처럼 흐르는 곳이었다. 그리고 나서 사회에 나왔더니 SNS와 인터넷, 서점에는 누군가가 극복하고 이겨내고 뭔가를 해낸 이야기들뿐이다. 그 누구도 도망간 이야기를 하지 않는다. 왜냐하면 겁쟁이 같아 보이기 때문이다. 도망자의 이야기는 누구도 하지 않고 누구도 듣고 싶어 하지 않는 것만 같았다. 15년, 20년 동안 우리 모두는 그런 이야기를 듣고 살아왔다.

그래서 우리는 당장 쓰러져서 일어날 수 없을 만큼 힘든 상황에 처했을 때, 아무도 우리에게 그렇게 말하지 않아도 스스로 이렇게 말하게 된다. '도망가면 안 돼. 피하면 안 돼. 왜냐면 그건 패배자, 겁쟁이, 루저들이나 하는 짓이니까.'

하지만 내가 하고 싶은 말은 정반대이다. 만약 우리가 더 이상 앞으로 나아갈 수 없을 만큼 힘든 일이 벌어져서, 나 자신이 너무 싫고 괴로울 때 가장 먼저 해야 할 일은, 도망치는 것이다.

피부에 생채기가 나서 피가 흐를 때, 마치 거기에 상처가 없는 것처럼 때수건으로 벅벅 미는 사람은 없다. 너무 아프니까. 보통은 그 상처를 일단 덮어둔다. 약을 바르고 반창고를 붙여서 남들이 만지지 못하게 한다. 그런데 우리는 우리의 몸과 마음을 너무나도 다르게 대한다. 마음의 상처에 대해서는 누구도 그렇게 하지 않는다.

내가 취재하는 정신건강의학과에는 상담과 치료를 받으러 오는 많은 10대 아이들이 있다. 보통은 부모님과 함께 오는데 아이가 너무 힘들어서 어쩔 줄 몰라 하는데도 그 옆에서 많은 부모들이 선생님에게 이렇게 말한다고 한다.

"세상에 힘든 일이 얼마나 많은데, 이런 일로 그러니?", "선생님, 우리 아이는 도대체 뭐가 문제인가요?" 그러면 선생님은 이렇게 말한다고 한다.

"지금 말씀하고 계신 부모님 두 분이 문제입니다. 두 분이 여기 안 계셨으면 이 친구는 벌써 나아졌을 겁니다."

상처는 내 것이다. 지금 당장 내가 아픈 거니까 내 고통이고 내 피다. 그 누구도 그 상처에 대해서 점수를 매기고 평가할 수

<말하는 대로> 방송 이후
동료들 사이에서
유행어가 되어버렸다.

없다. 그러나 보통 우리가 아프다고 말하면 주변의 친구들이나 선배라는 사람들은 이렇게 반응하곤 한다.

"힘내, 이겨낼 수 있어."

더 안 좋은 경우는 불행 경연대회가 열리기도 한다.

"야, 그건 아무것도 아니야. 나는 더 힘들어."

내가 진심으로 주변 친구들에게 권하는 말은 이것이다. 정말로 힘들 때는 잠깐 숨자. 지금 당장은 잠깐 도망치자. 회피하고 외면해도 괜찮다. 이 말은 정말로 아무도 안 해주는 말이다. 그러니까 나 스스로에게 해줘야만 하는 말이다. 괜찮아, 잠시만 도망가자. 나중에 내가 다시 직면할 수 있을 만큼 상처에 딱지가 앉을 때까지, 피가 멈출 때까지. 잠시만 숨어있고 피해있고 외면하고 도망가자.

적진으로 진격하는 장수보다 후퇴를 잘하는 장수가 진정한 명장이라는 말이 있다. 왜냐하면 그래야만 다음에 벌어질 전투에서 최대한 많은 병사를 살려서 다시 진격할 수가 있기 때문이다. 우리들은 트라우마가 될만한 어떤 일, 상처, 괴로움 이후에도 계속해서 살아가야 한다.

이 생각을 말과 글로 정리하는 동안 생각보다 괴로워서 놀랐다. 내가 완전히 나아진 것이 아니라는 의미겠지. 그래도 이렇게 글로 정리하고 누군가에게 이야기를 할 수 있게 된 것은 그

동안 최선을 다해 도망 다닌 덕분이다. 아직까지 자신에게 뻔뻔하게 "잠깐 도망치자"라고 말해본 적이 없다면, 한번 권해보고 싶다.

자신감과
자존감

자존감이라는 단어는 현재 한국의 중요한 키워드다. 대부분의 사람들이 자신감과 자존감을 딱히 구분조차 하지 않았던 때도 있었는데 지금은 자존감에 관한 강연과 책이 홍수같이 밀려나온다. 국가적인 가뭄이 들면 나라에서 쌀을 풀었다고 하던가. 좀 다른 비유지만 우리 모두가 자존감의 기아 상태에 빠져 있기 때문이라는 생각에는 확신을 갖고 있다.

자신감은 휘발성이지만 자존감은 오래간다. 자신감이 진통제나 각성제 같은 역할을 할 수 있다면 자존감은 체질을 바꾸는 힘이다. 자신감이 화폐와 같아서 모든 곳에 적용 가능하다면, 반대로 상황에 따라 가치가 변하기도 한다는 단점이 있다. 반면 자존감은 순금 같은 것이라 화폐가치에 영향받지 않고 늘 그 위력을 발휘한다. 왜냐하면 자신감이 '나는 잘할 수 있다'는 느낌이라면 자존감은 '나는 괜찮은 존재, 가치 있는 사람'이라는 느낌이기 때문이다. 과거에 가수 '비'가 자신의 후배들에게 해주었던 '지폐를 구겨서 바닥에 던져도 여전히 그 지폐에는 똑같은 가치가 있다'는 말이 이러한 맥락이다. 자신감은 근거가 중요하지만 자존감은 사실 뚜렷한 근거가 없는 개념이다. 어떤 상황과 이유에도 불구하고 나에게는 여전히 가치가 있다는 감각이기 때문이다.

한시적으로 자신감을 연료 삼아 자존감을 높이는 과정까지 밀고 나갈 수도 있다. 〈왕좌의 게임〉에 등장하는 '제이미 라니스터'라는 캐릭터는 사람들에게 오해를 받아 끊임없이 욕을 먹는 캐릭터임에도 불구하고 시종일관 여유와 유머를 잃지 않는다. 그 비결은 그가 오직 검만을 추구하며 평생을 살았기 때문이다. 한 가지 분야에서 스스로를 증명하고 그것이 자신에게 자신감을 심어준다면 타인의 평가에 의해 크게 휘둘리지 않게 된다. 그러한 자신감은 자존감을 채우기 위한 자산이 될 수 있다. 반대로 자존감이 탄탄해지면 새로운 자신감을 불러오기도 한다. 주인공의 성장이 핵심 소재인 만화를 보면 자주 등장하는 스토리 라인이 있다.

여러 모로 부족한 주인공이 위축되어 있다. 그러다가 어떠한 계기로 무언가에 도전하게 되고 그 과정에서 성장한다. 성장이 어느 정도 달성되고 나면 자신이 이룩한 성취와 무관하게 기본적인 표정과 태도가 달라져서 마지막에 가서는 다른 존재가 된다. 그리고 스토리 내내 자신이 목표로 달려왔던 분야와 무관한, 다른 어떤 분야에 대해서 역시 변화한 태도를 보여주는 엔딩. 작가들이 사랑하는 엔딩신이다. 이것은 근거 없는 자신감에서 단단한 자신감으로 이동했다는 의미이기 때문에 '모든 일에 자신을 가져야 한다'는 허상으로부터 자유로워지는 효과 역시 가져온다. 그 결과 타인의 평가, 미움 등에서 조금 더 편안해지는 것이다.

　"나는 잘났어."
　이건 자신감이고,
　"못난 것 같지만 괜찮아."
　이것이 자존감에 가깝다.
　이쪽이 유통기한이 훨씬 길다.

나는
못난 것 같지만

그래도
괜찮아!

아무거나
해도 되는
때

17년 전, 수능 날 저녁을 아직도 기억한다. 나름 큰일을 치르고 돌아왔으니 뭔가 맛있는 걸 먹었던 것 같은데 메뉴는 기억나지 않는다. 정작 선명하게 기억에 남아 있는 건 그다음에 벌어진 일이었다. 저녁을 먹고 소파에 앉아서 티브이를 보고 있는데 뭔가 이상한 기분이 들었다. 처음엔 뭐가 이상한지 알 수 없다. 그냥 어딘가 어색한 느낌이었을 뿐 딱 꼬집어 말하는 건 어렵달까. 하지만 이내 그 이상한 기분의 정체를 알 수 있었다.

'응? 내가 지금 소파에 앉아서 티브이를 보고 있는데 아무도 들어가서 공부하라는 말을 하지 않고 있잖아?'

그것은 거의 10년에 가까운 시간 동안 한 번도 겪어보지 못한 상황이었다. 나는 지금 무엇이든 해도 된다는 상황. 시간이 흘러 친구들과 이 이야기를 한 적이 있었는데 대부분 비슷한 느낌 탓에 당황한 기억을 갖고 있다. 아무거나 해도 괜찮은 상황이라니, 분명히 한국에서 10대를 보낸 사람에겐 생소한 상황이다.

그래서 나는 만화를 그리기 시작했다. 이날 저녁 시작된 작업은 두 달 동안 지속됐다. 좋아하는 작품에 대한 글을 정리하고, 단편 만화 두 편을 그렸다. 고등학생 시절 내내 그린 일러스트들도 모았다. 전부 합해서 얇은 책 한 권이 될 분량이었다. 아버지 지인이 하시는 인쇄소에 찾아가서 종이를 고르고 판형을 고른 후 200권을 인쇄하기로 했다. 인쇄비 40만 원은 아버지께서 빌려주셨다.

이렇게 나의 생애 첫 책은 자비출판으로 찍은 얇은 개인지였다. 졸업식 날 박스를 들고 가서 친구들에게 판매를 했다. 다행히 인쇄비를 약간 넘는 돈을 벌었다. 그리고 그날 한 가지 사실에 조금 놀랐다. 만화를 정말 열심히 그렸던 친구들 중 수능 이후로 만화를 그린 친구가 아무도 없었던 것이다.

몇 년 전 그 친구들 중 한 명을 만났다. 둘이서 술을 마시다가 그 시절 이야기가 나왔고 친구는 인상적인 말을 했다.

"그때 나는 만화가 좋았던 게 아니라 공부가 싫었던 거였어."

공부만 아니라면 무엇이든 좋았고 그래서 '아무거나 해도 되는 때'가 오자 아무거나 하게 되더라는. 수능이 끝나면 만화가 아니라도 할 일이 많으니까. 면허를 따야 하고 알바를 잡아야 하고 여행을 가야 하고 헬스를 끊어야 하고.

무언가가 좋아서 그 일을 하는 것과 다른 것이 싫어서 하는 것 사이에는 아주 얇지만 굉장히 거대한 차이가 있다는 것을 처음으로 느꼈다.

미우라 켄타로의 만화 〈베르세르크〉에서 자주 인용되는 주인공 가츠의 대사 중에 "도망쳐 도달한 곳에 낙원이란 없다"는 말이 있다. 20대 시절에는 늘 멋있다고 생각해 자주 인용했던 대사다. 하지만 최근 들어 '힘들 땐 도망쳐도 된다'는 말을 여기저기 하고 다니는 입장에서 보기에 저 대사는 강압적이고 부담스럽다. 적어도 나는 종종 도망 다니는 삶을 살고 있으니까.

좋아하는 것은 점점 사라져가고 도망치고 싶게 만드는 존재는 매일 생겨나는 기분이다. 어딘가를 향해서 가고 싶지만 무언가를 피해서 가는 순간만 늘어난다. 그래도 당시의 기억 덕분에 도망치는 와중에 스스로에게 물어보며 도주하는 버릇은 생겼다. '너 지금 하기 싫어서 도망치는 중인 거 맞지. 그래, 가끔은 도망쳐도 괜찮지, 뭐.'

그 덕에 도주가 끝날 때마다 다시 되돌아올 길을 찾을 수 있는 것일지도 모르겠다.

두려움의
궤적

꿈을 좇아 걸어가는 사람들은 주변의 많은 이들에게 동경과 선망을 받는다. 하지만 동시에 주변 사람들에게 커다란 죄책감도 안겨준다. 두려움에 쫓겨 진로를 정해온 보통의 많은 사람들은 언제나 자신에 대한 자괴감을 목걸이같이 걸고 있기 때문이다.

하지만 두려움을 피해서 도망 다닌 궤적에도 중요한 의미가 있다고 생각한다. 적어도 내가 무엇을 두려워하는지 알게 해주기 때문이다. 무엇을 하고 싶은지 발견하고 그 목표를 바라보며 달려가는 사람이 아닌, 하기 싫은 일과 괴로운 일을 피해 도망 다닌 사람들을 겁에 질린 초식동물처럼 취급하는 시선들. 아마도 이 세상이 정글처럼 무서운 곳이 되어버렸기 때문일 것이다.

  이 세계는 정글이 아니고, 아니어야 한다. 초식동물의 도주
로는 생존의 1차 필요조건이다. 너무 많은 사람들이 그것을 무
시하고 폄하한다.

전교 1등이 가장 귀하게 들고 다녔던 건
정답지가 아니라
오답노트였던 기억이 난다.

영혼의
핫팩
포인트

한국에서 대다수의 남성들(과 소수의 여성들)이 처음 만났을 때 블루스 잼처럼 서로 공유하는 형식과 코드 진행이 있다면 아마도 십중팔구 군대 이야기일 것이다. 하지만 나는 그 공통의 즐거움을 누리기가 쉽지 않다. 나에게 있어서 군 시절의 기억은 꽤 좋은 쪽이기 때문이다(누군가에겐 기상천외한 말일 수도 있다). 다양한 이유들이 있지만 제일 중요한 부분은, 작가로서 세상을 보는 관점을 리셋해주었던 많은 경험과 말들 때문이다.

나는 군대 시절 나 자신과 지내는 시간이 압도적으로 많아졌다. 이 지점은 대부분의 군필자들이 비슷하게 겪었을 일이다. 그러다 보니 나의 경우엔 보고 듣는 대부분의 경험들을 입대 이전보다 상당히 명료하게, 높은 해상도로 담아두게 되었다.

마치 금연한 사람이 생생해진 미각으로 음식을 먹을 때처럼, 라식 수술을 받은 사람이 처음 병원 밖으로 나와 세상을 바라볼 때처럼, 그 당시의 일기는 두꺼운 노트로 다섯 권 정도 되는데 지금 읽어봐도 게걸스럽게 경험을 적어두고 음미했다는 느낌이 든다.

훈련소에서 교관에게 들었던 기억나는 이야기 하나. 겨울밤 군부대에서 경계근무를 설 때는 미칠 것 같은 추위를 참아내야 한다. '내 몸에 이런 부위가 있었나?' 다시 깨닫게 만들 정도로 온몸의 구석구석이 종합적으로 떨린다. 그런데 이때 만약 핫팩이 딱 하나밖에 없다면? 그 핫팩을 어디에 붙여야 온몸을 따스하게 만들 수 있을까. 교관의 결론은 '뒷목'이었다. 천국처럼 따스해질 리는 없겠지만 그나마 온몸에 온기를 전할 수 있는 한 곳은 뒷목이다(이 부분을 핫팩 포인트라고 편의상 부르도록 하자). 내가 이 말을 인상 깊게 기억하는 이유는 그런 조언이 실제로 절실한 환경이 군대이기 때문이기도 하지만 이 말이 나에게는 꽤 여러 가지 의미로 다가왔기 때문이다.

군 입대 직전 언제였던가 오랜 친구와 술을 마시던 날이 있었다. 그 친구는 당시 많이 지쳐있었고 쉽지 않은 시기를 보내고 있었다. 술기운을 빌려 자신의 이야기를 하는 친구에게 나는 무언가 짧은 반응을 보였는데 당황스럽게도 그 친구가 서럽게 울기 시작했다. 주사가 없던 친구였다. 드문 일이었다.

당시에는 그 친구 본인도 나도 눈물이 터져 나온 정확한 이유를 알지 못했다. 그때 내가 뭐라고 했길래 울었더라. 그 후 꽤 시간이 흐르고 나서 그날 밤의 기억이 흐릿해졌을 무렵, 다시 만난 친구는 당시 터져 나온 눈물의 이유를 나중에야 깨달았다며 전해주었다.

그날 밤 한참을 이야기하던 친구의 말을 조용히 듣던 내가 별다른 의식 없이 했던 반응은 "그랬구나"였다고 했다. 나도 그 친구의 말을 듣고 나서야 기억이 났을 정도로 딱히 의식하지 않고 했던 말이었다. 그런데 그 친구에게는 그 말이 가장 절실했다고 했다. 진심 어린 조언이나 답을 모색할 수 있는 제안이 아닌, 혹은 정신 들게 만드는 따끔한 충고나 비판도 아닌, 어쩌면 아무 의미도 없을지 모르지만 가장 절실하게 원했던 말.

그랬구나. 그 친구의 핫팩 포인트는 그 말이었다.

내가 연재 준비를 하며 힘들게 보내던 시절, 〈Ho!〉라는 웹툰을 그린 친한 동료 작가 억수 형은 나에게 종종 "넌 잘 하고 있어"라는 말을 해준 적이 있다. 총체적인 추위에 떨던 때도 억수 형의 그 말은 내 마음 구석구석을 데워주었다. 아마도 내가 가장 불안해하던 지점이 그곳이었겠지. 수사 없이 담백하게 이야기해주던 억수 형의 그 말이 나의 핫팩 포인트였다.

제대를 한 뒤, 데뷔를 준비하며 다양한 아르바이트를 하고 가난과 다투고, 많은 사람들과 관계를 만들고 유지하는 과정 속에서 내 마음은 여러 번의 혹한기를 겪었다. 그중에는 사막의 밤처럼 날이 밝으면 다시 괜찮아졌던 짧은 추위도 있었지만 빙하기라고 불러도 좋을 만큼 길고 혹독했던 기간도 있었다. 아마도, 누구나 그럴 것이다. 이 세상은 그렇게 우리 마음에 호의적인 곳이 아니니까.

아마도 우리 대부분은 일상의 많은 순간을 설원 위를 걸어가며 지낼 것이다. 점점 추워지는 마음의 한 부분 한 부분이 동상을 입고 떨어져 나가 회복되지 않을 손상을 입는 사람들도 적지 않을 것이다. 하지만 그 와중에 자신의 핫팩 포인트를 알고 있는 사람은 누군가가 주고 간 작은 온기로도 스스로를 무사히 지켜낼 수 있을 거라는 믿음을 갖고 있다. 부디 무사하자, 우리 모두.

선택장애
세대

언제부터인가 사람들이 '선택장애'라는 말을 쓰기 시작했다. 식당에 가거나 카페에 가면 일행 중 한 사람은 꼭 5분째 메뉴판을 올려다보며 중얼거린다.

"난 선택장애라구⋯."

나도 메뉴를 고를 때는 엄청 고민하는 사람이라서 이해할 수 있다. 선택이라는 단어가 갖고 있는 무게는 본질적으로 무겁다. 오죽하면 「가지 않은 길」이라는 시까지 있을까. 가끔씩 선택에 대해 생각할 때면 대학생 때 겪었던 작은 모험이 떠오른다.

대학생 때는 늘 자잘한 모험의 연속이었다. 그중에서 기억에 남는 모험은 종점으로부터의 귀환이었다. 내 20대 시절의 대부분은 늘 두세 개의 아르바이트와 학점 관리, 그리고 밴드 생활로 가득 차 있었다. 그러면서도 그사이의 모든 시간을 긁어모아 술을 마시곤 했다. 그러다 보니 버스 안에서 쪽잠을 자는 일은 다반사였다.

하루는 평소에 타지 않던 노선의 버스 막차를 타고 집으로 가다가 정신없이 곯아떨어져 버렸다. 눈을 떠보니 종점이었고 그 버스의 종점은 우리 집에서 정말 멀었다. 막차였으니 시간은 새벽 두 시가 넘었을 때였다.

눈을 떠보니 모르는 곳에 와 있다는 것이 많은 모험 이야기의 출발점이긴 하지만, 직접 일상 속에서 겪어보면 상당히 무서운 일이다. 지금 같으면 일단 큰길로 나와 택시를 잡아타겠지만 대학생에게 택시란 개념적으로만 존재하는 것일 뿐, 당시의 나는 빈털터리였다. 당연히 막막하고 무서웠다. 그러다가 문득, '에이, 설마 죽기야 하겠어?'라는 생각이 들어 이어폰을 귀에 꽂고 신발 끈을 고쳐 맨 후 대충 집이 있을 것 같은 방향으로 걷기 시작했다.

큰길을 따라 걷다 보면 당연히 갈림길이 나온다. 지나가는 사람이라도 있었다면 길을 물어보겠는데 어찌 된 것이 그 시간대엔 큰길에도 행인 한 명이 없었다. 대충 집 방향으로 방향을 틀고 또 걸었다. 걷고 갈림길, 걷고 갈림길. 그렇게 몇 시간을 걷다 보니 어느새 해가 뜰 시간이었고 기적처럼 조금씩 눈에 익은 풍경이 나오기 시작했다. 아침 여섯 시쯤 집에 도착하니 어머니께선 아침을 준비 중이셨다. 몸은 피곤했지만 잠도 완전히 깼기 때문에 방에 들어오자마자 인근의 지도를 펼쳤다. 내가 어떤 길을 통해 왔던 건지, 종점은 어디쯤이었던 것인지. 그리고 살짝 놀랐다. 내가 지나온 갈림길의 대부분은 어느 쪽을 선택하건 아주 조금 돌아갈 뿐 대부분 집 방향으로 이어져 있었다. 이때의 기억은 나중에 유럽 극한 여행 때 큰 도움이 되었다.

개인적인 느낌이지만 요즘의 우리는 메뉴, 옷 선택뿐 아니라 거의 대부분의 선택을 할 때 필요한 멘탈 체력이 상당히 낮아진 것 같다. 모든 사람이 모든 사람을 겁주고 있는 세상이기 때문일까. 그것도 있겠지만 어쩌면 한 가지 이유가 더 있을지도 모르겠다. 그건 선택하면 돌이킬 수 없다는 착각이다. 선택에는 기본적으로 두려움이 전제되어 있다. 그 두려움은 '돌이킬 수 없다'는 전제에서 나온다. 스토리를 쓸 때도 주인공이 피할 수 없고 돌이킬 수도 없는 선택을 하게 되는 순간이 굉장히 중요하다. 그 순간에 독자는 몰입하고 이입하며 재미를 느끼기 때문이다.

하지만 그것은 스토리가 삶의 핵심을 압축해서 보여줘야 하기 때문일 뿐 진짜 일상 속에서는 그렇게 돌이킬 수 없는 중대한 선택이 생각보다 많지 않다. 오늘은 이 메뉴를 먹고 내일 저 메뉴를 먹으면 되니까. 이 작품을 먼저 하고 차기작으로 저 작품을 해도 되니까. 어느 쪽이건 좋다고 생각한다.

가끔 '좋은 선택이란 뭘까'라는 고민을 한다. 결과가 좋은 선택이 좋은 선택일까, 아니면 과정이 좋은 선택이 좋은 선택일까. 나는 남이 내려준 선택은 결과가 좋더라도 나쁜 선택이라고 생각한다. 반대로 내가 직접 내린 선택은 결과가 썩 좋지 않더라도 좋은 선택이라고 본다. 겁이 나서 선택을 보류할 수도 있다. 뭐 어떤가 싶다. 만약 원하는 목적지만 확실하게 알고 있다면, 대부분의 갈림길은 어떤 걸 택하건 큰 상관이 없다. 아주 조금 돌아갈 수는 있겠지만.

누구에게나
찌질한 시절은
있다

누구에게나 감추고 싶은 과거의 순간들이 있다. 자려고 누웠다가도 텀블링으로 일어나게 만드는 기억들. 나 역시 그런 기억들을 갖고 있다. 너무 많아서 나름 번호를 붙여볼 정도다. 그중에 어떤 기억은 (불)명예의 전당에 집어 처넣고 다신 돌아보지 않는 것들도 있는가 하면, 또 어떤 기억은 이제는 괜찮아져서 추억으로 떠올리기도 한다. 이 이야기는 그중에서 이제는 두 팔로 안아줄 수 있는 한 기억에 관한 것이다. 불과 작년까지만 해도 어쩌다가 이 이야기가 나오면 당황하여 말을 돌리거나 연출된 태연함 뒤에 숨어버리곤 했다.

때는 바야흐로 2008년에서 2009년으로 넘어가던 9년 전이다.

　요즘엔 대학을 졸업하기 전에 이미 어디엔가 취업하여 새로운 소속을 갖는 학생들이 많지만, 전국에는 졸업 후에도 거취가 정해지지 않은 수많은 청년이 여전히 많이 (숨어) 있다. 일단 마음이 급해진다. 무언가 이뤄둔 것은 없는지 주변을 두리번거리게 되지만 20대 중후반의 청년이 이뤄봐야 뭘 얼마나 이루었겠나. 보통은 아무것도 없다. 있어봤자 지나친 음주로 인해 단단해진 간세포 정도. 마음에 둔 진로가 있다면 황급히 이런저런 길을 찾기 시작하고 면접이건 인턴이건 알아보게 마련이다. 나 역시 말로만 만화가를 외치면 안 되겠다는 생각에 어렵사리 방법을 강구하던 때였다.

　당시의 나는 만화가 지망생으로서는 정말로 가진 것이 없었다. 만화가를 꿈꾸는 동생들에게 늘 '자기 패를 먼저 보라'고 말하는 나였지만 당시의 내 패는 진정 답이 안 나오는 구성이었다. 그림도 글도 엉망이었고 재능도 없어 보였으며 경험도 부족했으니까 어찌 보면 당연했다. 화려한 웹툰들을 보며 만화·애니 전공생 출신의 작가들을 부러워하곤 했다. 그래도 내 패에 한 장의 쓸만한 카드가 보였으니 그게 바로 재즈였다.

　대학 시절 내내 나는 재즈를 파고들며 팀을 짜서 연주도 다니고 행사도 다녔다. 미친 듯이 연습만 하고 밤마다 잼(즉흥 연주)을 하면서 주말엔 클럽에서 차비라도 벌었으니, 그래도 나름 남들보다는 재즈에 대해서 많이 안다는 자부심도 있었다. 음반을 들으면 누구의 언제 연주인지, 그 연주자의 어떤 앨범이 참 좋다느니 그런 걸 혼자 떠올릴 수 있었으니 조금만 더 공부하면 어쩐지 재즈 관련 만화는 그릴 수 있을 것 같았다.

마침 출판 시장에 관한 자료를 찾아보니 '인기 웹툰도 단행본은 잘 안 나가더라', '전문 소재 책들이 많이 나가더라'는 글들이 보였다. 그래, 재즈 만화를 그리자. 단순한 발상과 과한 행동력. 곧바로 재즈 전문지 두 개가 떠올랐다. 『재즈피플』과 『MM JAZZ』. 대학 시절 가끔씩 보던 『재즈피플』에 전화를 걸었다.

"안녕하세요. 저는 만화 그리(려)는 이종범이라고 합니다. 귀하의 잡지에 재즈 만화를 연재하고 싶습니다."

여전히 『재즈피플』의 편집장이신 김광현 편집장님은 정말이지 인격자가 틀림없다. 무턱대고 전화한 나에게 반년이나 귀한 지면을 할애해주셨다. 이때 그렸던 게 〈소왓툰〉이다. 이 시기의 기억이 부끄러운 과거냐 하면 그렇지는 않다. 나름 열심히 길을 찾던 20대 청년이었으니 부끄러울 게 뭐가 있나. 지금 생각해도 '짜식, 제법 열심히 뛰어다녔구나' 싶다.

부끄러웠던 건 그 이후의 일들이다. 나름 데뷔를 했다고 스스로 생각한 내가 제일 먼저 한 일은 무려 명함 파기였다. 그래,

나도 이제 만화가야! 디자이너였던 형을 졸라서 명함을 디자인했다.

"야, 정말 '만화가 이종범'이라는 글자를 이렇게… 크게 박을 거야?"

"물론이지. 나는 만화가니까!"

형, 미안해. 그 후로는 전문가의 말에 좀 더 귀를 기울이며 살고 있어. '만화가 이종범'이라고 대문짝만하게 찍힌 명함을 들고 다니며 만나는 모든 이에게 뿌리기 시작했다. 유흥가의 아르바이트생이 전단지를 뿌리듯 참 열심히도 뿌렸다.

여기에서 멈췄어야 했다. 명함 다음으로 나는 목걸이를 만들기 시작했다(도대체 왜?!). 그냥 갖고 싶었다. 펜촉으로 된 목걸이. 나무 펜대를 자르고 깎고 드릴로 구멍을 뚫고, 펜촉 끝을 다듬어서 누가 봐도 괴랄한 느낌의 펜촉 목걸이가 완성되었다. 기념품처럼 벽에 걸어두었냐 하면 그것도 아니다. 무려 목에 걸고 다녔다. 맙소사. 목걸이를 목에 걸지 어디에 거냐고? 아니다. 그 목걸이를 보면 그건 목에 걸만한 게 아니라는 걸 알 수 있다. 이쯤 되면 거의 70년대 극장 앞의 샌드위치맨이다.

'나는 만화가다! 만화가라고!' 그렇게 하고 내 생애 첫 만화가들 모임에 나갔었다니. 대단하다. 상상해보라. 덩치는 산만 해서 목에는 펜촉으로 된 목걸이를 달고, 만화가라고 크게 박힌 명함을 내밀면서 쉴 새 없이 만화 얘기만 하는 남자. 옷에 대한 얘기까지 하면 너무 참담하니까 넘어가자. 누가 가까이 가고 싶겠는가.

그때 만났던 동료들 중 몇몇은 지금도 술 마실 때 그 얘기를 하면서 실실 웃곤 한다. 그때의 나는 아마도 무서웠을 것이다. 내가 만화가가 된 건가. 이제 날 만화가라고 생각해도 될까. 지금 그리는 이게 만화는 맞나. 당연하게도 내가 그리는 만화를 본 사람은 한 번도 만난 적이 없다. 만화가 모임에서 자기소개를 할 때면 늘 억지 태연함을 갑옷처럼 장착하며 말하곤 했다.

"안녕하세요, 〈소왓툰〉 그리는 이종범입니다."

상대방의 얼굴에 스쳐 가는 미안함과 난처함. 보통 웹툰 작가들끼리 만나면 아직 읽지 못한 작품의 작가를 만날 때 자주 보게 되는 표정이다. 당연하다. 대형 포털에 연재 중인 것도 아니고, 내가 꿈꾸던 극화도 아니었으니까. 작게 조용히 어딘가에서 그렸고, 작게 조용히 어딘가에서 연재되던 만화였으니까, 라는 생각. 그래서였을까. 더더욱 나 스스로 내가 만화가임을 보여주는 온갖 표현으로 나를 두르고 다녔다. 그게 얼마나 어색한지도 모르면서, 작가의 명함은 작품이라고 말하는 누군가를 질투하면서.

시간이 흐르고 사람들이 내 만화를 조금씩 봐주기 시작하면서 정말 신기하게도 명함의 '만화가'라는 글자도 작아졌고 그 마저도 거의 들고 다니지 않게 되었다. 펜촉 목걸이는? 걸지 않게 되었다. 무서운 세상 한가운데서 나는 만화가라고 외치지 않아도 괜찮아져서인지, 아니면 나 스스로 나를 만화가로 인정하기 시작해서인지는 잘 모르겠다. 아마도 후자일 것이다. 인기나 돈, 프로필보다는 독자라는 존재가 생겼기 때문이다.

서른일곱이 지나가고 있는 지금은 그때의 나를 떠올려도 그렇게 부끄럽지는 않다. 이렇게 글로 쓸 정도니까. 대신 지금 느껴지는 건 일종의 애틋함이다. 20대 후반의 이종범은 많은 것이 무서웠구나. 그 펜촉 목걸이는 그때의 나를 잊지 않기 위해서 일부러 작업실 책상 옆에 걸어두었다. 아무리 괜찮다고 썼지만 저렇게 보이게 걸어놓으니까 좀 그렇군.

돈을 벌며
꿈꾸는
동지들에게

　종종 학생들이나 지망생에게 조언을 해야만 하는 두려운 순간이 있다. 얼마 전에도 한 학생이 조언을 구하러 먼 도시에서 일부러 찾아왔다(도대체 왜 나한테?!). 부모님의 걱정과 현실적인 돈 문제 때문에 시간제 강사를 하면서 틈틈이 웹툰을 그리는 학생이었다. 지금도 수많은 예비 창작자들은 현실이라는 동굴 속에 웅크린 채 취업을 하거나 아르바이트를 해서 '일단 돈을 벌어가며' 꿈을 키우고 있다.

　미래의 웹툰 작가, 소설가, 시나리오 작가, 가수들은 학생의 신분을 벗어나는 그 순간부터 하고 싶었던 일과 해야만 하는 것들, 할 수 있는 것들 사이의 틈새로 떨어지게 된다. 그 세 가지가 일치하는 경우는 거의 없기 때문이다. 그 이격은 어떤 이에게는 얕은 도랑일지도 모르지만 보다 안정적인 삶을 필요로 하는 기질의 어떤 이들에게는 무시무시한 계곡일 수도 있다. 부모님의 걱정과 가난에 대한 막연한 공포심 때문에 이들은 '일단 돈을 벌자'는 선택을 한다. 당장 꿈을 향해 달려가지 않고 있는 듯한 스스로에게 약간의 죄책감을 느끼지만, 이내 곧 희망적인 계산과 계획으로 그 죄책감을 억누른다.

'아침에 일찍 일어나서 출근길에 작법서를 읽고, 점심시간엔 단편 분석을 하는 거야. 그리고 퇴근하면 글을 쓸 시간이 많으니까, 열심히 하자! 주말에는 스터디를 해야지.'

그러나 실전에 돌입해서 돈을 벌기 시작하면 그렇게 계획대로 되지 않는 경우가 많다.

일단 돈을 번다는 것은 그 자체로 대단히 어려운 일인 반면 사회 초년생들은 많은 것들에 아직 익숙하지 않기 때문에 배울 점도 많고 신경 쓸 일도 많다. 쉽사리 개인 시간을 내어 습작을 할 수가 없다. 야근과 주말 출근, 회식이나 친구들의 유혹이 있을 수도 있다. 하지만 무엇보다 큰 고통은 불굴의 의지로 퇴근 후의 피로감을 이겨내서 책상에 앉았음에도 좀처럼 나아지지 않는 실력과 눈뜨고 봐줄 수 없는 그 결과물이다. 그렇게 동기는 약해져 가고 꿈은 흐릿해지며 무엇보다 매달 들어오는 일용할 수입에 길들여지게 된다.

가장 먼저 해야 할 일은 죄책감을 다스리는 것이다. 그들이 선택한 길은 '틀린 길'이나 '비겁한 길'이 아니라 좀 더 '돌아가는 길'일 뿐이니까. 우리의 목표는 좋은 작품으로 작가 생활을 하고 싶은 것이지 지름길로 빨리 가는 것이 아니다. 게다가 경제적 안정성이라는 것은 정말로 엄청난 목표다. 그걸 우선 과제로 선택했다면 돌아가는 것이 당연하다. 중요한 것은 그 엄청난 것을 선택한 대가로 무엇을 지불해야 하는지 스스로 명확하게 아는 것이다. 그 대가는 천천히 가야 하는 전술보행의 답답함이다. 그러니 죄책감을 갖지 말고 일단 스마트하게 목표를 설정하는 것이 낫다고 생각한다.

스마트한 목표 설정의 핵심은 목표의 축소, 그리고 단기 목표를 장기 목표로 전환하는 것이라 생각한다. 앞서 말했듯 돈을 벌다 보면 자잘한 장애물이 많아진다. 야근 때문에 오늘 해야 할 크로키를 못 하면 자괴감이 밀려온다. 그러니까 (이 말은 정말 여러 번 한 것 같은 느낌이 드는데) 부디 최초의 목표는 '완결'로 잡아줬으면 좋겠다. 주변의 조언과 자잘한 충고는 무시하고 일단 한 작품을 완성해봐야 한다. 중간에 1화부터 다시 그리는 일은 첫 작품에서는 참아도 좋다. 그리고 그 완결이라는 목표는 장기적으로 노리는 것이 더 유리하다. 이번 분기, 혹은 이번 상반기 중으로, 혹은 올해 안에 완결해보겠다는 생각은 쉽게

조언을 듣지 말라는
조언을 쓰고 있는 사람이
여기에 있습니다.

지치지 않게 도와준다.

매일매일 하기로 마음먹은 일을 못 할 때도 있다는 걸 인정하자. 하지만 그 장기 목표를 완수하기 위한 세부 계획은 가급적이면 지켜야 한다. 이를테면 반년 안에 6화짜리 중편을 완결하고 싶다면 앞으로 3개월간은 이야기를 고쳐 쓰고 그다음 3개월 동안 확신으로 원고를 그려야 한다. 그러려면 첫 3개월 중 구상과 취재 초고까지를 언제까지 해야 할지, 고쳐 쓰기는 얼마의 시간을 들여서 해야 할지를 설정해야 한다. 무엇보다도 장기 목표는 부장님의 모친상이나 주말 출근 같은 예상외의 변수를 보완해줄 시간 쿠션을 앞뒤로 마련해준다.

가끔 자수성가형 꼰대들의 일갈에 질릴 때가 있다.

"모험을 해! 리스크가 없으면 얻는 것도 없어! 안정감 따윈 무의미해!"

물론 부분적으로 동의하지만 모든 이들에게 같은 수준의 모험을 강요하는 것 역시 숨 막히는 폭력이다. 어떤 사람은 천성적으로 위험에 대한 강한 멘탈을 갖고 있지만 어떤 이들은 남들보다 유독 더 불안정한 미래에 취약할 수도 있는 법이니까.

하지만 그들에게도 멋진 작품의 씨앗은 있을 수 있다. 오직 모험만이 그 씨앗을 싹트게 하는 건 아니라고 믿는다. 오직 모험만이 창작자의 길을 열어준다고 생각하지도 않는다. 물론 빙

하기의 끝을 기다리며 겨울잠을 자고 있는 찬란한 꿈은 자칫하면 언제든지 동사할 수도 있다. 그렇기 때문에 어느 시점에선가 강한 심지로 칼바람 앞에 서야 하는 순간은 반드시 온다. 그 순간이 오면, 그때는 과감하게 뛰쳐나가야 할지도 모른다. 그러니까 그 전에 미리 죽어버려 화석이 된 꿈을 보고 싶지 않다면, 부디 잘 버텨주길. 부탁한다.

2부

나라는
인간

맛집을 즐겨 다니는 동료 작가와 3년 정도 함께 살았던 적이 있다. 당시 그 친구 덕분에 다양한 맛집을 돌아다녔는데 입맛이 매우 겸손한 나와는 달리 미식 취향이었던 그 친구는 매번 음식 맛에 대한 다양한 평을 들려주곤 했다. 그러다가 아주 가끔 정말 맛없는 집에 가게 되면 그 친구는 이런 표현을 했다.

"정말 몸에 좋은 맛이네."

나는 글쓰기에 많은 애착을 갖고 있다. 하지만 이런 나도 글쓰기를 싫어하게 된 시기가 있었다. 바로 중학생 시절 글쓰기 연습이랍시고 신문의 사설을 베껴 쓰던 때다. 당시 신문의 사설은 '잘 쓰인 글'의 표본 취급을 받고 있었다. 논리와 어휘 면에서 완벽한 글들이니 꾸준히 베껴 써서 제출하라는 선생님의 숙제 때문에 어쩔 수 없이 꾸역꾸역하던 때였다. 어쩌면 이때의 경험이 내 문장력을 향상시켜줬을 수도 있고 논리력을 키워주었을지도 모른다. 하지만 동시에 글을 쓰고 싶다는 욕망을 매우 효과적으로 깔끔하게 앗아갔다. 몸에는 좋을지 모르지만 먹는 즐거움은 없애버리는 그런 맛.

무언가를 잘하고 싶다는 마음과 그것을 좋아하는 마음은 서로의 꼬리를 물고 무는 연쇄라고 생각한다. 좋아하게 된 일은 조금씩 잘하고 싶어지게 마련이고 그 결과 이전보다 더 잘하게 된 것에는 애착을 갖게 되니까. 이것이 모든 생활체육인들과 게이머들과 자전거 동호인들과 아마추어 사진가들의 금과옥조 아닌가.

하지만 굳이 선후를 따져보면 아무래도 일단 어떠한 일을 좋아하게 된 후에 그 일을 잘하게 되는 것이 보다 자연스럽다. 먼저 잘하고 싶은 마음부터 가진 후 향상된 자신을 보며 거꾸로 그 일에 애착을 갖는 풍경은 글쎄, 없진 않겠지만 일반적인 상황은 아니다. 지금 바로 생각나는 예는 〈슬램덩크〉의 강백호 정도랄까(물론 만화 스토리를 위해서는 이쪽이 더 흥미롭다).

그런데 많은 사람들이 무언가를 잘하고 싶다는 마음에 비해 무언가를 좋아하고 싶다는 마음에는 관심이 적어 보인다. 어른이 되고 나서(이 표현을 쓸 때마다 묘한 위화감을 느낀다. 아무래도 자신이 없는 모양) 취미가 없어서 고민이라는 사람들을 제법 자주 만나게 되었는데 처음에는 진짜로 깜짝 놀랐던 기억이 난다. 나는 취미가 지나치게 많은 편이니까.

하지만 몇 년에 걸쳐 대화를 나눠보고 느낀 점은 이것이다. 사람들은 무언가를 좋아하게 되는 상황을 마치 우연히 맞이한 어느 날의 운 좋은 화창한 날씨처럼 여긴다는 것이다. '오늘은 비가 오는군. 어쩔 수 없겠어. 아, 마침 오늘은 날씨가 좋다. 운이 좋아.'

나에게 있어서 무언가를 좋아하게 되는 것은 운명적인 상황이나 우연한 계기라기보다는 여행지를 고르는 마음에 가깝다. 만약 내가 휴양보다 모험을 좋아한다는 것을 파악하고만 있다면 한 번도 가보지 못한 어떤 곳일지라도 내가 좋아할 만한 곳일지 아닐지를 어렵지 않게 짐작해볼 수 있다. 심지어 내 취향이 아닌 장소에 가서도 나를 즐겁게 할 수 있는 상황을 만들어 낼 확률까지 생기게 된다.

그렇게 경험해본 여행지가 쌓일수록 나는 보다 고해상도로 나를 이해하게 되고, 새로운 장소를 좋아하게 될 확률은 올라간다. 나는 내가 어떤 사람에, 어떤 장소에, 어떤 활동에 마음이 가는지를 파악하는 것에 생각보다 많은 정성을 쏟으며 살아가

훗날 아내 덕분에
"취미가 없는 사람들"에 대한 이해를
한층 깊게 하게 됩니다.

고 있는 것 같다. 이 정도면 꽤 모범적이고 성실한 쾌락주의자
가 아닐까. 그래서 예상치 못하게 즐거운 상황을 겪게 되면, 시
간이 흐르고 난 뒤 그때 과연 어떤 것들이 나를 행복하게 만들
어주었는지 복기해보는 즐거운 시간을 갖곤 한다.

　다시 글에 대한 사랑이 자라난 것은 그 이후에 만나게 된 이
영도 작가의 소설과 무라카미 하루키의 에세이, 헤르만 헤세의
소설과 김영하 작가의 소설 덕분이었다. 이런 작품들에 스스로
를 적셔가며 한참의 시간이 흐르고 나서야 다시 글을 쓰고 싶
다는 마음을 되살릴 수 있었고 지금은 그 마음이 사라지지 않
도록 불씨를 바라보는 원시인의 마음으로 살아가고 있다. 이렇
게 무언가를 좋아하고 싶다는 마음은 때때로 관리도 필요하다.
조금 번거롭지만 성실한 쾌락주의자로서 보다 확실하게 즐거
울 수 있으니까.

취향
콤플렉스

    카페에서 스토리를 짜다가 잠시 쉴 때면 여러 가지 소리가 들린다. 그중 어쩔 수 없이 가장 귀를 잡아끄는 것 중 하나가 바로 소개팅을 하는 남녀의 대화 소리다. 난 소개팅을 안 해봤기 때문에(진짜다) 처음 만난 두 남녀가 어떤 대화를 하는지에 대해 상당한 호기심을 갖고 있다. 처음에는 사는 곳이나 출신 학교를 이야기하면서 서로의 공통 지인을 찾아내려는 시도, 소위 족보 털기를 한다던데 사실일까? 그 정도라면 상호 간의 어색함을 깨기 위한 애틋하고 건강한 몸부림이라 할만하다.

    하지만 대화 주제가 취향으로 옮겨가면 어떨까. 무라카미 하루키의 소설을 좋아한다는 남자에게 한층 다가앉는 여성. 혹은 게임이나 야구를 좋아한다는 여성에게 바로 반해버리는 남성.

액션 영화를 좋아한다는 남성을 보며 주선자에게 이를 갈고 있는 여성 등 몇 가지 일화를 들은 이후로(그런데 저 일화들은 사실일까? 저것들 역시 그 자체로 편견에 사로잡혀 있어서 좀처럼 믿기는 어려웠다) 취향에 대한 대화는 소개팅에 있어서 '지뢰밭'과 같은 거라는 생각을 하곤 한다. 확실히 취향은 한 사람에 대해서 많은 것을 말해줄 수 있다.

그래서일까? 작가 지망생들은 자신의 영화, 음악, 만화 취향을 상당히 고심해서 다듬는 것 같다. 나 역시 신인 작가 시절 인터뷰를 할 때 취향에 대한 질문을 받으면 최대한 멋있어 보이는 대답을 하기도 했다. 지난 밤 액션 영화를 보고 나와서 일부러 아피찻퐁 위라세타쿤 감독의 영화에 대해 이야기한다거나 (저런 이름의 감독이 있다는 것도 얼마 전에 알았으면서…) 당장 즐겨 듣는 음악들이 대중가요임에도 굳이 이야기하지 않고 꼭 재즈 명반을 이야기한다거나. 쓰고 보니 부끄러운 흑역사에 하나를 추가하는 고백이지만 뭐 어쩌랴, 그때의 나는 그랬으니까. 아무튼 거짓말은 아니었다. 나는 빅뱅과 존 콜트레인을 랜덤으로 틀어놓고 진심으로 좋아했으니까. 그리고 이런 나의 애매한 취향은 10대, 20대 시절 내내 일종의 콤플렉스였다.

어렸을 때부터 그랬다. 누군가가 좋아하는 계절을 물어보면 봄, 여름, 가을, 겨울 각각의 계절을 왜 좋아하는지를 이야기하고 나서 재미없는 녀석이라는 핀잔을 듣기도 했다. 영화, 음악, 만화, 그 무엇에 관한 질문에도 사흘 굶은 들개와도 같은 적극적 잡식성을 피력하는 나에게 상대방은 이내 흥미를 잃곤 했다. 그래서 10대 때는 보다 멋있어 보이는 대답을 고심해서 골랐다. 20대 중반을 넘어간 이후에야 비로소 당당하게 아이돌 가수에 대한 선호를 밝혔던 것 같다.

그러나 사실은, 그 모두를 정말로 만끽하며 지냈다. 하지만 뒤통수 어딘가에 매달린 죄책감, '나는 명색이 작가 지망생인데, 이렇게 취향이 없어도 되는 걸까?'를 되새김질하곤 했다. 사실 죄책감이라기보단 초조함에 가까운 감정이었지만 아무튼 그런 감각은 데뷔 초까지도 늘 가까이에 있었다. 하지만 근래에 들어서면서 뭐랄까, 어찌 보면 너무나 당연한 말을 보다 명확하게 이해해가고 있다는 느낌이 든다. 원래 금언이란 그런 것이다. 같은 말이지만 내가 변해가기 때문에 다르게 다가온다. 그래서 나는 나를 위한 한 줄의 문장을 적었다. '명작이란 가장 흔한 테마를 가장 색다르게 전달하는 작품이다.' 이 문장을 스스로 정리하고 나서, 학자금 융자를 다 갚은 듯한 후련함으로 죄책감과 초조감을 벗어났다.

나이를 먹어감에 따라 시종일관 '새로움'과 그 부록처럼 딸려오는 '난해함'만을 찬양하던 동료의 작품이 어떻게 대중으로부터 멀어지는지를 볼 때가 있다. 반대로 무조건 쉽고 재미있고 편안하기만 한 작품만을 추구하던 작가가 어떻게 한 번 읽히고 말 작품을 만들게 되는지도 간간히 목격한다. 사실 해묵은 논쟁이라 할 수 있는 '대중성·작가주의' 이야기는 어떤 식으로 풀어내도 답이 존재할 수 없다고 생각한다. 용어 정의부터 엄밀하게 한다면 이 논쟁이 어딘가에 가 닿을 수 있겠으나 요즘의 나는 그 자체도 무의미하게 느껴진다. 왜냐하면 위에서 말한 것처럼 대중성과 작가주의는 '명작이란 가장 흔한 테마를 가장 색다르게 전달하는 작품이다'라는 명제의 앞과 뒤이기 때문이다.

그래서인지 요즘은 나의 '들개 같은 잡식성 취향'의 역사를 다행이라 생각하며 살고 있다. 그러니까, 자신이 지금 대중적인 작품을 좋아한다고 해서 자신의 취향을 얄팍하다고 속단할 필요도 없고, 자신이 난해한 작품에 꽂혀있다고 해서 문화적 선민의식을 느낄 필요도 없다. 만약 자신이 작가 지망생이 아니어도, 이 생각은 권할만하다. 적어도 자신의 그날그날의 상태에 맞는 감동 거리를 언제든 골라들 수 있으니까. 편식은 좋지 않겠지만 과식과 잡식은 좋다. 적어도 문화적인 측면에서는 그렇다. 그건 나의 모든 순간을 행복하게 만들기 위한 가장 효과적인 플레이리스트니까.

자신
매뉴얼

이곳저곳에 실린 내 프로필에는 꼭 이 단어가 들어가 있다. 참치형 작가. 내게 제일 먼저 이 호칭을 붙여준 이가 누구였더라, 출판사 담당자였나, 데뷔작 출판을 담당해주었던 친한 누나였나. 기억이 가물가물하다.

참치는 움직임을 멈추면 가라앉아 죽는다고 한다. 만화를 그리다가 공연을 하고, 라디오를 진행하다가 글을 쓰고, 결국 지금은 학생들을 가르치는 일까지 맡게 되었다. 팟캐스트는 9년째 하고 있다. 계속해서 뭔가 일을 벌이며 돌아다니는 나를 보면서 그 사람은 참치가 떠올랐나 보다. 대학생 때도 그랬다. 뭔가를 도모하고 궁리하면서 "재미있을까? 재미있겠지?"라고 입버릇처럼 말하고 다녔다. 가만히 생각해보니 고등학생 때도 호칭은 다르지만 비슷한 말을 들었던 기억이 난다. 참 멀리도 거슬러 올라간다. 부끄럽게도 참치의 실제 생태에 관한 엄밀한 진위 여부는 잘 모르지만 지금도 이 단어가 프로필에 남아있는 걸 보면 나 스스로도 딱히 싫지는 않은 표현인가 보다.

사실 나는 근면함의 가치를 신봉하는 부류의 사람이 아니다. 오히려 진정한 게으름의 꿀맛을 은근히 만끽하며 살고 있다. 움직이지 않으면 좀이 쑤셔서 죽을 것 같은 성격 역시 아니다. 누워서 빈둥대는 것을 제일 좋아한다. 그럼에도 결과적으로 참 다양한 일을 벌이고 있다는 점에는 동의한다. 도대체 왜? 굉장히 식상해서 타자를 치는 손가락이 곱아들 정도지만, 딱히 다른 단어가 떠오르지 않아 적어보자면, 행복하기 위해서다.

나는 행복감에 대한 대단한 집착이 있다. 나에게 있어서 행복감은 세 가지 이미지로 묘사된다. 아침에 일어날 때 어제 하다 만 일을 너무너무 마저 하고 싶은 마음에 튀어 오르듯 일어나는 것. 언제 해가 졌는지 모를 정도로 시간을 잊고 무언가에 빠져드는 몰입. 그렇게 나온 결과물을 구경하면서 느긋하게 게으름을 만끽하는 짧은 여유. 저마다 타고난 기질에 따라 행복의 정의가 달라질 테니 그냥 조심스럽게, 내게 있어서의 행복이라고만 정리해두자.

어떻게 하면 지속 가능한 행복감을 유지하며 살아갈 수 있을까. 나는 20대의 많은 시간을 이 고민에 할애했다. 지금의 20대도 그렇지만 내가 대학에 들어갔던 2001년도에도 좋아하는 일을 한다는 말에는 사치의 향기가 묻어있었다. 슬프게도 그때 역시 젊음의 1차 목표는 '생존'이었고 그걸 이루기 위해서 나의 친구들은 중앙도서관으로 강의실로 학원으로 뛰어다녔다. 우리는 무서웠고 모두가 말하지 않았지만 겁을 먹고 있다는 걸 알았다. 그럼에도 불구하고 철없어 보일 정도로 무언가 일을 만들면서 다녔던 이유는, 행복감을 추구하고 있을 때야말로 그러한 '시대의 공포심'을 마비시킬 정도의 강렬한 충실감이 매일매일 보장되었기 때문이다. 그리고 지속 가능한 행복감에 대한 긴 고민의 잠정적 결론은 언제나 그랬듯 '자기이해'로 돌아왔다.

내가 나라는 인간에 대해서 어디까지 이해하고 있는가, 언제나 이것이 중요했다는 느낌이 든다. 행복하려면, 자신을 잘 알아야 한다. 자신을 잘 이해하려면 무언가를 끊임없이 자신에게 던져주고 그 과정을 가만히 응시해봐야 한다. 조용히 자신에게 물어보는 과정도 포함해서 말이다. 가보지 않은 곳은 그리워할 수 없고 먹어보지 않은 음식은 갈망할 수 없으니까. 그렇게 끊임없이 일을 벌이고 그 결과 나라는 사람의 국경선, 나라는 존재의 실루엣을 점점 명확하게 선으로 이어가게 되었다. 밑바닥과 최고점, 취향의 경계와 취약점까지. 그렇게 잡다한 일을 벌이기 좋아하는 나의 기질은 타당한 대의명분을 획득하게 되었고 나는 화장실을 다녀온 후의 잔뇨감처럼 거슬렸던 약간의 죄책감까지 벗어버린 채 본격적인 참다랑어의 삶을 살기 시작했다. '안 해본 일은 일단 해본다'는 다소 무식한 원칙도 이때 생겨버렸다.

　가끔씩 누구나 '자신 매뉴얼'을 한 권씩 갖고 태어난다는 상상을 한다. 그리고 그 책의 대부분은 빈 페이지로 시작된다. 그러다가 처음 유치원에 가서 생전 처음 보는 아이를 가리키며 선생님이 "자, 이제 둘이 친구예요"라고 하는 순간, 자신 매뉴얼의 빈 페이지 중 '친구'라는 항목에는 무언가가 기록되기 시작한다. 친구가 뭘까. 어디까지 친구일까. 이 사람은 내 친구일까, 저 사람은 어떨까. 이 페이지에 많은 것들을 빼곡하게 적으며 성장한 사람은 누군가를 처음 만나도 '이 사람과 나는 친구가 될 수 있겠다'는 것을 알 수 있다. 반면에 친구에 관한 자신 매뉴얼의 페이지가 곤궁한 사람은 친구에 있어서 많은 것을 하늘에 맡겨야만 한다.

　'여행'이라는 페이지 역시 비슷할 것 같다. 처음 여행을 가본 사람은 첫날부터 괴로울 확률이 아주 크다. 자신을 행복하게 만들어줄 여행이 관광인지 모험인지 휴양인지 아직 모르기 때문이다.

하지만 나를 즐겁게 만들어줄 수 있는 여행이 구체적으로 어떤 모습인지 자신 매뉴얼의 페이지를 채워온 사람은 갑자기 떠나게 된 여행에서도 행복할 준비가 되어 있다. 그 매뉴얼이라는 것은 가끔씩 편집되고 수정도 되겠지만, 얼추 그런 방식으로 나 자신에 대해서 한 페이지씩 이해하게 된다고 생각한다. 그리고 나는 그런 이해의 끝에서 '좋아하는 일을 하면서 생존하기'가 가능해질 거라는 믿음을 갖고 살고 있다. 어쩌면 생존보다 더 멋지게, '좋아하는 일을 하면서 성장하기'까지 가능할지도 모르겠다. 아직 진행 중이라 자신 있게 말할 수는 없지만.

콤플렉스
데이

언제부터인가 사진 찍히는 게 자연스러워졌다. 물론 기술적인 면이 아니라 태도의 측면이다. 여전히 손발을 어디에 둘지 모르는 어정쩡한 피사체이지만 적어도 도망가진 않게 되었다. 생각해보니 총체적인 외모 콤플렉스에서 서서히 벗어나기 시작해서 지금은 얼추 신경 쓰지 않게 되었다. 아마도 이 콤플렉스에서 자유로워진 지 10년 정도 된 것 같다.

안정적으로 나를 사랑해주는 사람 + 자기객관화에 따른 깔끔한 인정 + 보조제로 활용된 '숙련되기 시작한 능력들' 덕분이다. 아내는 대놓고 내 외모를 폄하한 후 다른 확고한 장점들을 인식시켜준다. 너무 확고해서 믿음이 간다.

문득 든 생각인데 이런 행사가 사람들 사이에서 널리 퍼졌으

면 좋겠다.

콤플렉스 정리의 날. "나는 이런 이런 콤플렉스를 갖고 있는 것 같아" 하며 정리해보는 날.

콤플렉스 나눔의 밤. 위의 내용을 서로 공유하면서 나누는 평화로운 소규모 모임.

여기에 더해서
콤플렉스 관리 플랜 회의.
콤플렉스 탈출 축하 파티.
콤플렉스 추억하기의 밤.

콤플렉스에서 벗어나기 위해 위와 같은 행사까지 이어진다면 최고가 아닐까. 이런 성격의 행사들을 위험하지 않은 소규모 단위의 친밀한 사람들끼리 자주 가지는 것은 어떨까. 어쩌면 그건 현재의 한국이라는 '자존감의 재난 상황'에서 생존하기 위한 중요한 의식이 아닐까.

나는
단수가
아니다

사실 나에게는 보험설계사 자격증이 있다. '작가가 되기 위해 저런 경험까지?'라고 멋있게 생각할지도 모르겠는데 솔직히 저건 만화를 위해서 겪었던 일은 아니다. 군이 설명하자면 '이런 나와 저런 나 사이의 전시 상황 속, 외교정책의 산물'이라고 할 수 있겠다. 이게 뭔 소리인고 하니.

지망생 시절, 학생이라는 보호막을 반납했지만 아직 데뷔하기 전 본격적인 가난 속에서 제일 마음이 불편했던 날은 명절이었다. 보통 그런 날에는 졸업을 했거나 앞둔 각 집안의 젊은 자제들은 '나는 사회의 건실한 일원으로서 생산 활동을 하고 있습니다'는 모종의 표식 같은 거라도 이마에 문신으로 새기고 입장할 기세다(다행히 나의 친척들은 인격적으로 따스하다. 그러나 당시 나의 자존감이 매우 낮았기 때문에 그렇게 느꼈다고 생각한다). 때문에 비록 내가 꿈과 열정으로 가득 찬 젊은이였다고 하더라도, 아무것도 이루어내지 못한 상태에서 그런 날 친척들이 모인 거실에 들어설 때엔 조금 용기가 필요했다. 그렇게 명절을 앞두고 조금씩 위축되어 가던 나는 모 보험사에서 보험설계사 시험에 붙으면 갈비 한 세트를 선물로 준다는 이야기를 들었다. 명절날 갈비 세트 상자라도 들고 가고 싶은 마음에, 바로 나보다 훨씬 연세가 많은 분들 사이에서 일주일 동안 수업을 듣고 시험을 봤다. 그리고 갈비 한 세트를 받아 들고 부모님 댁으로 갔다. 작가 지망생인 나와 장성한 아들로서의 나 사이에서 겨우 마련한 타협안은, 그렇게 생뚱맞은 보험설계사 자격증과 갈비 한 짝이었다.

이영도 작가의 멋진 소설, 『드래곤 라자』에는 영원의 숲이라는 장소가 나온다. 그곳에서는 어떠한 기준이 충족될 때마다 자신이 분열하여 여러 명이 된다. 상당히 인상 깊은 설정이다. 특히 그중에서도 모퉁이에서 돌아 나오는 '나'를 만나는 순간 이런 나와 저런 내가 극도의 공포심과 공격성을 발휘하여 서로를 죽이려고 달려드는 장면은 이 땅의 젊은이들이 반드시 거치게 되는 한 시기를 담아낸 멋진 메타포다.

10대에 접어들면 '아들로서의 나'는 '친구로서의 나'와 반목을 시작하고 학생으로서의 내가 그 사이에 끼어들면 한층 더 복잡한 싸움이 시작된다. 어떤 이는 냉전을, 어떤 이는 화끈한 패싸움을 벌이기도 한다. 그러나 20대가 되면 더 많은 '나'들이 서로 멱살을 잡는다. 누군가의 애인인 내가 취업 준비생인 나와 사이좋게 지내기는 쉽지 않다. 시간이 조금 더 흘러서 돈을 벌어야 하는 내가 싸움에 합류하는 순간, 패싸움은 전쟁으로 변한다. 이런 내가, 저런 나를 무릎 꿇리고 모욕을 주며 고문을 한다. 그리고 가끔은, 학살도 한다. 그렇게 이런 내가 저런 나를 죽여간다. 소설 속 영원의 숲에서 빠져 나오는 이들의 분신은 결국 하나의 나로 모두 합쳐진다.

그러나 숲 안에서 내가 죽였던 나만큼의 인생과 기억, 존재 가치는 영원히 사라지고 그 자리는 공란으로 비워지게 된다. 그때부터 그는, 절반의 그가 되거나 3분의 1만큼의 그가 되는 것이다. 같은 소설 속, 대마법사 핸드레이크는 이런 명대사를 남겼다.

"나는 단수가 아니다."

이 대사는 10대 시절 내내 나를 사로잡은 문장이었다. 내가 왜 이렇게 번민하고 방황하는가에 대하여 잠정적으로 설명해주는 멋진 문장이다. 나는, 한 사람의 내가 아니다. 요구받고 기대받는 수많은 '나'들이 어쩔 수 없이 부대끼며 살아가야 한다. 그리고 꽤 많은 순간 그런 '나'들은 서로 싸우게 된다. 그러나 그 안에서 지속적으로 나를 죽여가는 삶을 살아서는 온전한 삶을 살 수 없다.

가끔은 만화가 지망생인 내가 돈을 벌어야 하는 나를 설득도 해야 하고, 필요하다면 외교도 해야 한다. 그리고 무엇보다 중요한 건, 나 자신들이 서로 화해하는 것이다. 작가 지망생인 내가 하루의 끝에 피곤하게 걸터앉아 담배 한 대를 피워 물고, 옆자리를 물끄러미 바라본다. 그곳에는 널브러져 있는 누군가의 애인으로서의 나와 돈을 벌어야 하는 내가 신음하고 있는 것이다. 그럴 때, 너희도 고생이 많구나, 하면서 담배 한 대를 권하는 그런 삶을 살 수 있다면 영원의 숲에서 언젠가 다 같이 빠져나갈 때까지 그럭저럭 희망은 있는 셈이다.

참, 그 소설 속 영원의 숲에서 '또 다른 나'가 발생하는 조건은 '자신에게 의문을 품을 것'이었다.

덕후에서
작가가
되어갈 때

·

10대 시절의 나는 어린 덕후였다. 어린 덕후는 보통 왕성한 지식욕을 갖고 있다. 나의 경우 좀 더 정확히 말하자면 지식욕보다는 아는 척을 하고 싶은 욕구였다. 장르의 계보를 꿰고 작가 이름과 작품 이름을 외우며 다람쥐가 도토리를 모아두듯 무언가를 주워섬겼다. 당시 나에게 있어서 책은 두 가지였다. 좋아서 보는 만화책과 있어 보일 수 있는 어려운 책. 전자는 즐겼고 후자는 다람쥐 집에 모셔두곤 했다. 그런 나에게 중학교 입학식 날 학교로부터 받았던 필독 도서 목록은 좋은 지도였다.

지금 돌이켜보니 당시의 초, 중학생을 위한 필독 도서 목록은 정말 신선하지 않았나 싶다. 그 나이에 읽기에는 지나치게 어렵거나 과격하고 선정적인 작품들도 고전이라는 이름으로

떡하니 리스트에 올라가 있었다. 『카라마조프 가의 형제들』같은 건 흥미진진할 수 있으나 『죄와 벌』같은 작품은 열네 살에게는 피자와 치킨보다는 홍어 삼합에 가까운 책이었다(홍어 삼합을 즐기는 중학생 분에게 실례일 수도 있겠다만). 심지어 그 리스트에는 미시마 유키오의 『금각사』, 다자이 오사무의 『인간 실격』, 가와바타 야스나리의 『설국』같은 작품도 있었다. 이 책들이 중1 소년에게 어울린다고 생각하시는 분들에겐 물론 뭐라고 하고 싶은 마음이 없다.

하지만 각각의 책만 놓고 봤을 때, 소년이 읽고 있다고 상상해보면 그 옆자리의 어른으로서는 살짝 긴장하게 만드는 내용임에는 틀림이 없다. 물론 나는 특정한 책만 접한다면 조금 염려스러울 수 있지만 무조건 많이 읽으면 나름 괜찮다는 주의다. 상상이지만, 그 목록의 작성자는 아마도 그 책들을 전혀 읽어보지 않았거나 모두 읽어본 후 의미심장한 얼굴로 야망에 가득차서 작성했을 것 같다. 아무튼.

그런 나의 목가적인 수렵 생활이 새로운 국면을 맞이하게 되었던 것은 1995년, 내가 중학교 1학년 때의 일이었다. 목록을 하나씩 클리어해 나가다가 만난 다음 책은 비교적 얇았고 그래서 반가웠다. 그리고 나는 그 책을 읽은 후, 길지 않은 지금까지의 인생에서는 나름 가장 중요한 자리에 최초의 문제의식을 갖게 되었다. 그 책의 이름은 『데미안』, 헤르만 헤세의 소설이었다.

『데미안』은 싱클레어라는 소년의 자전적 이야기다. 어린 시절, 안락하고 밝고 올바른 빛의 세계가 처음으로 균열을 일으키며 부서져 나가는 동안 혼란 속에 빠져 살다가 데미안이라는 신비롭고 성숙한 친구를 만나면서 성장해 나아가는 이야기, 라고 정리하면 과한 요약이지만 대충 그런 이야기다. 그 과정 속에서 싱클레어는 데미안과 헤어져 고독한 시기도 보내고 또 다른 멘토를 만났다가 그를 상처 입혀가며 그에게서 졸업하기도 한다. 사랑도 하고 방종에도 빠진다. 그 과정 속에서 싱클레어는 세상의 양면성을 이해하고 질풍노도의 청년기를 거쳐 전쟁을 겪는다. 그 결과 자기 자신에 대해서 깊은 이해를 하게 된다는 이야기.

이 책이 당시의 나에게 왜 충격을 줬는지는 명확히 설명할 수 없다. 물론 데미안이라는 캐릭터는 매력적이고 싱클레어가 겪는 사건들은 흥미롭다. 하지만 그것만으로는 내가 느낀 것을 설명할 수 없다. 나는 첫 챕터에서부터 그동안 살아왔던 나의 세계에 깊은 균열이 생기는 것을 느꼈다. 더 이상 예전으로는 돌아갈 수 없는 보이지 않는 선을 넘어가고 있다는 느낌이 선명하게 기억난다. 이때부터 나는 매년 한 번씩 마치 연례행사처럼 『데미안』을 읽었다. 읽을 때마다 다른 문구가 내 안에 심어졌고, 그 문구는 이듬해에는 다른 방식으로 내 삶의 일부가 되어주었다. 수렵 생활에서 농경 생활로 옮겨가는 순간, 거기에 『데미안』이 있었다.

농경 생활로 접어든 이후 나는 닥치는 대로 주워섬기는 삶에서 조금씩 멀어져서 땅에 심고 오랜 기간 키우는 삶으로 차차이동하게 되었다. 혼자만의 추측이지만, 덕후였던 어떤 사람이 작가가 되어갈 때는 반드시 이런 순간을 겪는다고 생각한다. 수렵은 즐겁지만, 농사를 지어야만 얻게 되는 것들이 작가라는 종족들에게는 있게 마련이다. 그리고 나는 이 당시 심은 씨앗을 그 후 20여 년간 키우며 살아가고 있다. 자기객관화, 고해상도의 자기이해, 자신을 제대로 이해한다는 것. 바로 이런 문제들이 내 10대와 20대의 테마가 된 것은 아마도 이 책 때문일 것이다.

나는 언제 행복한가, 나는 어떠한 사람들에게 마음이 끌리고 어떤 친구는 사귈 수 없는가. 내가 도통 견디지 못하는 스트레스는 어떤 종류인지, 주로 탐닉하게 되는 대상은 무엇인지. 즉, 나를 구성하고 있는 성분은 도대체 무엇들인지 늘 생각하게 되었다. 그리고 이 모든 것들에 대해 '왜 그럴까?'라고 재질문하게 되었다. 내가 지금 그리고 있는 작품 〈닥터 프로스트〉는 심리학 소재의 옴니버스 극화다. 독자들은 여러 가지 방식으로 줄거리를 요약하곤 하지만 나에게 있어서 이 작품은 매우 단순하게 요약된다. '자신에 대해 몹시 알고 싶은 한 남자가 자기 조각을 모아가며 자기이해를 이룩해 나가는 이야기.' 서른일곱이 된 지금 나는 '자기이해'라는 최초의 씨앗이 나름 많이 자라난 것을 느낀다. 거기에서 열린 과실을 팔아 작품을 그렸고 그 덕에 결혼도 했고 세금도 내고 있다. 작가의 삶은 대충 이런 느낌이 아닐까 싶다. 이제 슬슬 다음 파종이 다가오는데 은근 걱정이다. 뭘 심지. 아니, 이미 뭔가가 심어졌으려나. 그건 어떤 모습을 하고 있을까.

작가의 작업을 농사에 비유했지만,
애주가로서 나는 '작가'라는 말에
위스키를 숙성시키는 지하실이 떠오른다.

어떤 술은 30년을 넘게 숙성시킨다던데
그 술을 담근 사람은 못 즐길 수도 있겠네…
그런 의미에서는 작가라서 좀 더 다행이라는
느낌이 들 때도 있습니다.

나는
허세를
사랑한다

대학교 신입생 때의 일이다. 어쩌다 알게 된 한 여학생과 호의 가득한 대화를 나누던 중이었다. 그 여학생은 지적인 분위기를 풍기는 어른스러운 아이였고 나는 그 아이와 친해지고 싶었다. 긴 시간의 대화가 지속되면서 분위기는 좋은 쪽으로 흘러갔다. 대화 초반에는 괜찮았다. 내가 좋아하는 뮤지션에 대해서 이런저런 질문을 받으면서 거들먹거린다는 느낌을 주지 않기 위해 최대한 조심하며 대답을 했다. 신중한 대답, 간간히 상대의 감상이나 의견을 물어보는 것도 잊지 않을 것. 일방적인 강의가 아닌 재미있는 대화가 되도록 노력하며 생각했다. '역시 난 어른스러워. 지적이야.'

상대방의 감탄과 찬사, 흥미 어린 표정으로 이어지는 질문들. 그래서였을까. 나는 위험한 시도를 하고 말았다.

대화 소재가 당시 인기를 끌었던 소설가로 옮겨갔을 때였다. 상대방이 한 권의 책 제목을 언급하는 순간, 그리고 내가 그 책의 표지를 서점에서 지나가다 봤음을 떠올리며 반가움을 느낀 순간, 그러나 아직 그 책을 읽지는 않았고 심지어 그 작가에 대해서는 잘 모른다는 것을 떠올린 순간. 그때까지만 해도 나에겐 여러 가지 선택지가 있었다. "미안해, 아직 그 책을 읽지 않아서." 혹은 "아, 그 책 괜찮았지." 그러나 지금껏 나의 지성을 어필해왔다는 헛된 감각과 스무 살 남자 아이의 과도한 과감함 때문이었을까(거듭 강조하자면 스무 살! 스무 살이었다!!!). 이어지는 나의 대답은 어이가 없었다.

"아, 그 책 좋았지, 하지만 난 그 작가의 데뷔작이 더 괜찮았던 것 같아."

아… 스무 살의 남자에게 있어서 자기를 속이는 허세는 위험하고도 중독적인, 그러나 소박한 쾌감임에 틀림없다. 상대방의 대답을 듣는 순간, 나는 짧은 쾌감을 추구한 대가를 치르게 되었다.

"어, 그 책이 데뷔작인데?"

여기서 포기했어야 했다.

"아, 그… 그, 그래? 그 작가의 데뷔 이전 단편을 인터넷에서 봐, 봤는데 정말 좋아."

"…그 작가가 우리 삼촌이야."

대화 종결. 그 뒤는 잘 기억나지 않는다. 질소 포장이 터지고 바닥에 흩뿌려져 짓밟힌 감자칩 같은 기분이었다는 것만 기억난다(이 글을 읽는 당신에게 갑자기 미안해진다. 보통 이런 상황에서 부끄러움은 독자의 몫이 되곤 하니까).

허세는 과거 싸이월드 시절의 대문 글이나 카카오톡 상태 창, 블로그 프로필 등 모든 곳에서 볼 수 있다. 나는 허세가 인간 본성의 한 부분이라고 생각한다. 심지어 인간이 아니라 생명체 일반의 본성이라고 느끼기도 한다(나이와 경험치에 따라 다르겠지만). 특히 무언가를 창작하는 사람들의 근본 욕망은 허세로부터 완전히 자유로울 수 없다는 느낌이 든다. 아주 어린 나이에는 한 개인이 갖고 있는 콘텐츠의 양과 자기 존재를 증명하고 싶은 욕구가 모두 미미하다. 약간의 칭찬만으로도 충족이 가능할 정도니까.

하지만 나이가 들면서 자신에 대해 인지할수록, 나를 세상에 보여주고 싶다는 자기현시욕은 빠르게 부풀어가는 반면 차곡차곡 쌓이는 콘텐츠, 즉 지식과 경험의 양은 상대적으로 느리게 축적되게 마련이다. 그런 과정에서 생기는 불균형은 결국

이불킥의 장인.

이제는
더 뚫어버릴
이불도 없다.

헛된 기세, 즉 허세를 만들어내어 자신의 몸에 두르게 만든다. 그게 심해지면 질소를 판매할 때 끼워주는 감자칩처럼 진짜 나의 알맹이가 부록으로 전락해버리는 것이다. 다시 말하면, 허세는 두려움에서 탄생한다. '진짜 나'와 '되고 싶은 나' 사이의 일시적인 간극에서 생성되는 진한 두려움.

그럼에도 불구하고 나는 개인적으로 허세를 사랑한다. 아니, 허세를 부리고야 마는 어떤 한 시기를 사랑한다. 중2를 거치지 않으면 중3이 될 수 없는 것처럼, 허세는 우리가 반드시 한 번은 지나가게 되는 질소 포장의 시기니까. 중요한 것은 가급적 허세를 부렸던, 혹은 부리고 있는 자신에 대해서 웃으며 이야기할 수 있을 만한 단계까지 가주길 권한다는 것이다. 그건 진짜 콘텐츠가 축적되어 밀도가 높아진 단계. 모르는 것을 모른다고 말하는 것이 편해지는 단계. 자신의 부족한 부분이 부끄럽지 않고 자연스럽게 느껴지는 단계니까.

그건 그렇고 이미 이 책에서 나의 과거 흑역사를 여러 번 고백했음에도 불구하고 왜 여전히 화수분의 쌀처럼 흑역사의 소재는 끊임없이 떠오르는 것일까. 참 복잡한 기분.

히어로물을 좋아한다. 아마도 현재 가장 인기 있는 히어로는 아이언맨이 아닐까. 사실 아이언맨보다는 슈트를 벗은 상태의 토니 스타크를 더 좋아하지만. 특히 〈아이언맨 3〉에서의 토니 스타크는 최고다. 덕후인 공학자의 면모가 드러나는 히어로라니. 하지만 그럼에도 불구하고 나에게 가장 멋진 히어로는 아이언맨이 아니다. 내게는 단연코 배트맨이 최고다. 크리스토퍼 놀란 감독의 다크나이트 3부작 덕분이기도 하지만 그 전부터 나에게 배트맨은 특별했다. 그 이유는 바로 '배트 케이브' 때문이다. 동굴로 들어가는 히어로라니.

슈퍼맨은 달에 있는 고요의 바다 위를 걸으며 지구의 평화를 고민한다. 슈퍼 파워가 있는 분은 확실히 남다르다. 아이언맨은 말리부의 맨션 지하에서 덕질에 몰입하다가 출동한다. 덕후인 나에게는 상당히 매력적인 기지의 풍경이다. 거의 모든 히어로는 자신만의 기지를 갖고 있다. 그 기지의 모습에 얼마나 히어로의 정체성이 담겨있는가도 나에겐 꽤 중요하다.

그렇다면 배트맨은? 놀랍게도 '동굴'로 들어간다. 영화 버전이 아닌 오리지널 원작 만화 〈배트맨 대 슈퍼맨〉에서 다른 모든 히어로들이 슈퍼맨 때문에 골치 아파하며 배트맨을 쳐다볼 때도 배트맨은 조용히 동굴로 들어갔다. 그곳에서 묵묵히 상대방의 약점과 정보를 모두 모으고 정리하며 혼자만의 시간을 보냈다. 동굴에서 보내는 시간이 곧 배트맨의 힘이었다. 밖에서는 언제나 브루스 웨인 혹은 배트맨 둘 중 하나여야만 했던 사람에게 그곳은 브루스 웨인과 배트맨 사이의 어느 곳, 둘 다 될 필요가 없는 어딘가의 틈새였다.

나는 대학 시절 다양한 아르바이트를 전전했지만 가장 오래했던 일은 실내 경륜장의 자판기 관리 일이었다. 지금도 있는지 모르겠지만 당시 동대문 밀리오레 11층에는 실내 경륜장이 있었다. 실제 자전거 경주가 벌어지는 곳은 따로 존재했지만 그곳은 실시간 중계와 베팅이 이루어지는 합법적인 경륜사업소였다. 경마, 경정과 더불어 정말 많은 수의 사람들이 북적이던 곳이었는데 그곳에 비치된 여러 대의 자판기를 정기적으로 청소하고 물건을 채우는 일을 했다. 가끔씩은 매점 일도 도왔다. 그곳에서 참 많은 일들을 겪었다.

경주는 금토일 3일간 진행된다. 따라서 그 전 평일 중에 하루 이곳에 들러 미리 자판기를 채워두고 청소하는 것이 중요했다. 학교 수업과 다른 아르바이트들 탓에 항상 그곳에 갔을 때는 모든 상가 불이 꺼진 한밤중이었다. 평일 밤의 경륜장은 어둡고 조용했다. 한 층 전체가 텅 비어있는 그곳에서 나는 낑낑대며 자판기를 채우고 컵라면을 먹곤 했다.

어느 겨울날, 눈이 내리던 밤이었다. 그날도 어김없이 아무도 없는 넓은 공간에서 일을 하고 컵라면으로 허기를 달래려는데 넓은 창밖으로 보이는 풍경에 순식간에 넋을 잃고 말았다. 믿을 수 없는 초현실적인 풍경이 창밖에서 펼쳐지고 있었다. 당시 그곳에는 가운데의 넓은 공간을 중심으로 고층 빌딩 세 개가 둘러쳐져 있었는데 아마도 그래서였을까. 널따란 가운데 공터의 기류가 어지럽게 휘몰아쳤는지 모든 눈들이 일제히 '아래에서 위로' 내리고 있었다.

밤. 도시의 야경. 그곳에서 보던 광활한 지역의, 내리지 않고 오르던 눈. 그 풍경을 바라보며 창가에 걸터앉아 라면을 먹으며 그곳을 나의 첫 번째 박쥐 동굴로 삼았다.

오그라드는 표현이지만, 당시의 나에겐 배트맨의 동굴처럼 도망갈 장소가 절실했다. 잘해야만 했고 버텨야만 했던 나에겐 동굴이 필요했다. 그곳에서 많은 단편을 썼고 일기를 적으며 수년을 보냈다. 물리적인 공간이 아니라 할지라도 누군가의 동굴이 되어줄 수 있는 곳들에 관해 종종 생각한다.

　늘 무언가를 잘해야만 하는 사람에겐 못해도 되는 장소, 타인의 시선이 중요한 사람에겐 아무도 나를 발견할 수 없는 어딘가. 항상 강한 모습을 보여줘야만 하는 이에게는 괜찮은 척하지 않아도 될 곳.

　우리는 언제나 반드시 되어야만 하는 모습을 겹겹이 입은 채 살아간다. 사원이었다가 아빠가 되고, 직업인이었다가 누군가의 아들이 된다. 그중 어느 모습도 될 필요가 없는 장소. 강한 나를 만들어줄 수 있는, 약해도 되는 어딘가. 당신에겐 있을까. 진심으로 있었으면 좋겠다.

만화가가 되고 나서 인터뷰를 할 때 반드시 받게 되는 질문 목록이 있다. 그중 한 가지는 "슬럼프에 빠지면 어떻게 하세요?"라는 질문이다. 나 같은 창작업자들이 공통적으로 자주 받는 질문이겠지. 어쩌면 사람들은 창작업자나 운동선수들이 주로 슬럼프를 겪는 직종이라고 생각하는 것 같다. 하지만 개인적으로 한국에서 살아가는 대부분의 사람들이 슬럼프 속에서 살아간다는 느낌을 받을 때가 많다. 그 이유는 내가 생각하는 슬럼프의 의미 때문이다.

많이 지쳐서 에너지가 다 떨어졌을 때, 즉 흔히 말하는 '번아웃' 상태에 빠져버렸을 때를 슬럼프라고 말하는 사람들이 많다. 고3 때 야자를 하다가, 회사에서 야근을 하다가, 만화가가 마감을 하다가 너무 지쳐서 쓰러질 것 같으면 주로 슬럼프를 하소연한다. 그러나 내가 보기에 이런 경우는 그냥 지친 것이라고 생각한다. 쉬면 해결된다. 여기까지 쓰고 나니 "쉴 수 없으니까 그렇지"라고 말하는 소리가 귓가에 생생하게 들리는 듯하다. 하지만 다음으로 이야기할 두 번째 의미의 슬럼프를 생각해보면, 이 '지친 상태'는 생각보다 단순하고 희망적이라는 느낌마저 든다. 내가 생각하는 진정한 의미의 슬럼프는 이것에 가깝다.

'지금 하고 있는 일을 하는 이유를 잃어버린 것.'

우리는 아주 많은 종류의 질문을 던지면서 살아간다. 그중 대부분은 '무엇'에 해당하는 질문이라고 생각한다. 뭐 해서 먹고살까. 뭐 재미있는 거 없나. 그리고 그런 질문을 던진 사람들 중 일부만이 다음 단계인 '어떻게'에 해당하는 질문으로 넘어간다. 학원에 가볼까, 동호회를 가볼까. 하지만 그중 극소수만이 마지막 단계의 질문으로 나아간다. 어쩌면 그 질문은 마지막 단계의 질문이 아니라 가장 첫 단계의 질문이었는데 손쉽게 건너뛴 것은 아닐까 싶을 때도 있다. 그 질문은 바로 '이걸 지금 내가 왜 하고 있지?'이다. 나는 이 순간이 최초로 슬럼프의 씨앗을 심는 순간이라고 생각한다. 왜냐하면 어떠한 일을 하는 이유가 그 일의 유통기한을 정해주기 때문이다.

함께 모여앉아 신나게 만화를 그리는 고등학생 만화 동아리 부원들을 상상해보자. 지나가던 선생님이 물어본다.

"너희는 도대체 만화를 왜 그리니?"

거의 반사적으로 대답이 나온다.

"재미있으니까요!"

이제 이 부원들은 '재미있으니까'라는 이유를 장착하고 만화를 그린다. 그러다가 처음으로 '마감'을 만나게 된다. 더 이상 재미가 없다. 왜냐하면 마감은 많이 힘드니까. 이제 이 학생들이 만화를 그리는 이유, 즉 유통기한이 끝나버렸다.

하지만 이중에서 어떤 학생은 다음 이유를 찾아낸다.

"저는 주변의 친구들이 내 만화를 좋아해줘서 만화를 그려요."

보다 강력한 이유를 찾아낸 이 학생은 좀 더 긴 유통기한을 얻었고 다시 만화를 그릴 수 있게 되었다. 그것도 이전보다 더 좋은 만화를. 그러다가 처음으로 인터넷에 올린 만화의 댓글난에서 악플을 접하게 되었다. '사람들이 좋아해줘서' 만화를 그리던 이 친구의 유통기한은 여기에서 끝났다.

운이 좋은 또 다른 친구는 "제가 남들보다 만화를 더 잘 그리는 것 같아서 만화를 그려요"라고 새로운 이유를 찾아낸다. 그러나 어느 순간 천재 같아 보이는 어떤 아이가 그린 만화를 보고 자기 만화가 휴지 조각같이 보이기 시작하면서 유통기한의 종말을 겪는다.

재미있게도 만화가 좋아서, 재미있어서 그린다고 말하던 동료들보다 '돈 때문에' 그린다고 말하던 동료 작가가 훨씬 더 차분하고 끈기 있게, 더 오래 만화를 그린다. 왜냐하면 이 작가는 악플이 달려도 여전히 원고료가 나오기 때문에 흔들리지 않고 눈부신 신인 작가들이 속속 데뷔해도 조금 부러울 뿐 자신의 유통기한은 여전히 건재하기 때문이다. 하지만 이 작가의 유통기한 역시 언젠가 끝날 것이다. 데뷔 10년이 지났는데도 여전히 비슷한 액수의 돈을 벌고 있거나 더 많은 돈을 벌 수 있는 다른 길이 열린다면 모를까.

'왜'라는 질문을 던지는 건 집요한 과정이다. 한 번의 '왜'는 또 다른 '왜'를 계속해서 불러오기 때문이다. 사람들은 이런 이유로 스스로에게 '왜'라는 질문을 좀처럼 던지지 않는다. 하지만 바로 이 이유 때문에 우리는 이 질문을 스스로에게 던져봐야 한다. 이 집요함이 유통기한을 늘려주는 핵심이기 때문이다.

나는 운이 좋았다. 이유는 알 수 없지만 아주 어렸을 때부터 스스로에게 이 질문을 던지는 것이 일종의 생각놀이였으니까. 아무런 생각 없이 나 자신에게 처음 이 질문을 던졌던 때는 초등학생 때였던 걸로 기억한다. 첫 번째 답변에는 1초도 걸리지 않았다. 재미있으니까. 혹은 즐거우니까. 하지만 바로 의구심이 들었다. '게임도 재미있잖아? 농구도 재미있다며? 그런데 왜 군이 만화를?' 두 번째 답변에는 조금 더 시간이 걸렸다. 한 시간 정도. 하지만 결국 나름의 대답을 할 수 있었고 바로 이어진 세 번째 질문에 답하는 데엔 몇 달이 걸렸던 기억이 난다. 질문이 이어질수록 대답엔 점점 더 긴 시간이 걸렸다.

내가 가장 최근 나에게 '왜 만화를 그리고 있는가'에 대해 질문했을 때는 답변을 찾기까지 거의 7년이 걸렸다. 하지만 여러 번의 질문을 거쳐서 나온 대답일수록 보다 단단하고 보다 구체적이며 보다 손때가 묻어 반질반질해진 실체를 갖게 된다. 조약돌같이 생긴 그 이유를 손에 들고 걸어가는 것은 생각보다 든든한 일이다. 즉, 내가 나 자신에게 던져봤던 '왜'라는 질문의 횟수는 몇 번째 태클에 넘어질지를 결정해주는 유통기한의 기준이 되어주는 것이다.

그렇다면 아직까지 이 질문을 제대로 던져보지 않은 채 회사를 다니고 연애를 하고 결혼 생활을 이어가는 사람들은 모두 자기 자신을 속이고 있는 것일까. 혹은 어차피 유통기한이 다 되면 의미 없어질 이유를 허리춤에 차고 살아가는 것에는 아무런 의미 따위 없는 게 아닐까.

나는 그렇게 생각하지 않는다. 높은 산에 오를 때는 중간에 베이스캠프라는 것을 만든다. 등산가는 그곳에서 정상을 향해 올라갈 에너지를 모으고 많은 것들을 준비한다. 그런 사람들에게 "아직 정상도 아닌데 왜 쉬고 그래?"라고 말하는 사람은 없다. 언젠가는 유통기한이 끝나버릴 지금의 이유는 '가짜 이유'가 아니라 '지금 단계에 필요한 이유'라고 생각한다. 마치 베이스캠프처럼. 〈미생〉을 그린 존경하는 작가 윤태호 형님은 슬럼프에 대해서 이런 이야기를 한 적이 있다.

"작가에게 슬럼프를 해결하는 방법 따위 없습니다. 그냥 계속할 뿐이죠."

나는 이 말이 많은 의미를 함축하고 있다고 느낀다. 내가 지금 이것을 왜 하고 있는 건지 깨닫기 위해서는, 가끔은 '계속해서 그 일을 해보는 것'이 제일 좋은 방법일 때도 있기 때문이다.

슬럼프라고 느껴질 때 가만히 생각해본다. 내가 지금 하고 있는 일을 처음 시작했을 당시에 마련해두었던 '이 일을 하는 이유'가 이제 더 이상 내게 의미 없어진 건 아닐까. 새로운 이유를 찾지 못한 채 이미 기한이 만료된 이유를 연료 삼아 앞으로 나아가려고 하고 있는 건 아닐까.

만약 당신이 이런 상황에 처해 있다면, 먼저 죄책감부터 갖다 버리기를 권하고 싶다. 이유를 찾지 못했다는 것은 죄책감을 느낄 일이 아니다. 당신이 꿈을 잃고 현실적으로 변해버렸다는 뜻도 아니고 일의 노예가 되어버렸다는 뜻도 아니다. 그건 그냥 "내가 갖고 있는 이유의 유통기한이 다 됐구나. 다음 이유를 찾을 때가 됐구나"라는 의미의 표지판일 뿐이다. 이렇게 생각하는 순간 좋아하지도 않는 일을 영원히 하며 고통 받을 것이라는 절망적인 느낌 대신 상당히 산뜻한 기분이 된다. 다음 단계로 넘어가면 된다는 뜻이니까.

3부

웹툰 작가로
산다는 것

라디오라는
통로

이번엔 만화와 관련 없는 이야기, 그러니까⋯ 라디오에 관한 이야기다. 라디오와 나의 인연은 길다. 초등학생 때부터 그림을 그릴 때면 밤새워 듣곤 했으니까. 라디오는 조용할수록, 혼자일수록 더 다가오는 신기한 매체다. 인간은 결국 누군가와의 연결감을 중시하기 때문일까. 그렇게 열심히 듣다가 급기야 직접 라디오 비슷한 걸 하기도 했다.

고등학생 때였다. 지금이야 아프리카 방송이나 다양한 팟캐스트가 있어서 가히 개인 매체의 천국 같은 느낌이 들지만, 15년 전 당시에 인터넷 방송이라는 것은 매우 드문 취미 생활이었다. '세이클럽' 같은 채팅 사이트에서 채팅창을 열어놓고, 윈엠프 프로그램을 활용해서 방에서 인터넷 방송을 하곤 했다.

지금보다는 좀 더 해적 방송의 느낌이 강했다. 나는 재즈에 푹 빠져 있던 고등학생이었기 때문에 밤마다 재즈 방송 방을 열어서 어설픈 지식을 풀어놓기도 했다.

시간이 흘러 만화가들의 커뮤니티인 '카툰부머'에 들어갔을 때, 그곳의 선배 작가들은 '만화가들의 라디오'를 막 기획하고 있었다. 나 말고도 수많은 만화가들이 라디오를 통해 세상과 연결감을 느껴왔다는 것을 그때 알았다. 오래된 친구를 길에서 재회하는 반가움 때문에 뛰어들듯 함께 시작했던 것이 바로 웹툰 작가들의 팟캐스트 '웹툰 라디오'였다(처음 시작하던 당시의 이름은 '부머 라디오'였지만). 웹툰 작가들이 직접 진행해서였을까, 독자들이 듣기 시작했고 조용히 퍼져나갔다. 그렇게 인기 있던 방송은 아니었지만, '웹툰 라디오'는 그전부터 지금까지 꾸준히 만화가 지망생과 만화 독자들 사이에서 서로를 연결해왔다고 믿고 있다. 그리고 우리는 조용히, 언젠가 '웹툰 라디오'가 지상파에서 더 많은 사람들을 만날 날을 상상하곤 했다.

그러나 이런 바람과는 달리 '웹툰 라디오'는 많은 위기를 겪었다. 그토록 바쁜 연재 작가들이 돈도 받지 않고 방송을 준비해서 올린다. 당연히 쉽지 않은 일이다. 시즌제로 끊어가면서도, 매 시즌 끝마다 "이제 우리 그만할까?"라는 말은 빠지지 않고 나왔다. 다들 지쳐가고 있었으니까. 그러나 "미련도 동기가될 수 있다"는 누군가의 한마디에 기대어 지금까지 많은 작가들이 함께하고 있다. 그리고 그사이에, 나는 영문을 알 수 없게도 지상파 라디오 DJ가 되어 있었다.

정식으로 진행자가 되었던 건 EBS FM의 〈경청〉이라는 프로그램이 처음이었다. 아마도 심리학 소재의 만화를 연재 중이었기 때문이었는지, 내 소중한 최초의 방송은 두 시간 동안 청취자와 전화로 깊은 이야기를 나누는 프로그램이 되었다. 일주일에 하루였지만, 여러 모로 나에겐 잊을 수 없는 방송이다. 그러다가 〈경청〉이 개편되고 나 역시 그만두면서 한 통의 연락을 받았다. 웹툰과 관련된 라디오 프로그램의 진행자 섭외였다. 월요일부터 토요일까지, 낮에 진행되는 방송의 메인 DJ라니. 첫 미팅에서 방송의 제목을 지을 때, 나는 주저 없이 〈웹툰 라디오〉라는 제목을 떠올렸다. 내 제안은 절반이 받아들여져 결국 방송은 〈라디오 웹툰〉이라는 제목으로 시작되었다. 나는 이곳에서 웹툰 작가들과 세상을 어떻게든 연결시키고 싶었다. 그동안 동료들과 함께 지켜왔던 것도 결국 여기까지 이어졌으니까.

메인 진행자로서 처음 라디오 부스에 들어갔던 날이 떠오른

라디오와 팟캐스트를 하게 된 후부터
유일하게 슬퍼진 점

다. 대본이 있고, 유리창 너머로 스태프들이 나만 바라본다. '시계는 왜 이렇게 많지. 아. 시간이 중요한가 보구나.' 생방송 시그널이 나오고 머릿속이 하얗게 변해버리는 순간 눈앞의 마이크 옆에 빨간불이 들어왔다. 반사적으로 말을 시작한다. 내가 무슨 말을 하고 있는지도 모른 채 어느 정도 시간이 흐르자 앞에 있는 모니터에 청취자 문자가 올라온다.

'이, 이건 언제 읽어줘야 하나?' 갑자기 구성작가님이 모니터를 통해 뭐라고 글을 쓴다. 15분에 첫 곡을 소개하란다. '가만, 지금이 몇 분이지?' 마치 처음 운전을 배웠을 때처럼, 초 단위로 시계를 체크하며 대본을 확인하고 동시에 끝없이 무언가를 말하면서 청취자 반응도 체크해야 한다. 모든 현실은 꿈보다 자세하다. 하지만 이건 꿈꾸던 모습과 현실적인 노동 사이의 난이도 차이가 정말로 크잖아. 지금은 어느 정도 익숙해져서 편한 마음으로 부스에 들어갈 수 있게 됐지만, 여전히 운전석보다는 방송 부스가 무섭다.

라디오 부스는 밀폐된 공간이다. 유리창 너머로 누군가가 있긴 하지만, 기본적으로는 밀실이다. 그러나 그 밀실에서 수많은 사람들과 연결되어 있다는 연결감을 느낄 수 있다. 웹툰 작가들이 매주 마감을 하면서 틀어박혀 있는 작업실과 많이 닮아 있다. 만화가들도 언제나 혼자 작업하면서 수많은 사람들과 연결되어 있다는 연결감을 느끼니까. 만화와 무관한 이야기를 하려고 했지만 결국 '기승전만화'로구나. 만화는 나에게 있어서 어쩔 수 없이 중력 우물 같은 존재인가 보다. 어떤 이야기로 시작해도 결국 만화로 돌아오게 된다. 그 후 〈라디오 웹툰〉도 끝나고 말았지만, 나는 여전히 어딘가에서 만화와 관련된 이야기로 누군가와 연결되고 있다.

연재를 완결한
만화가들은
어디로 가는가

작업하다 잠시 페이스북 타임라인을 본다. 막 〈마녀〉를 완결한 강풀 형님의 글이 올라왔다. 술 약속이 생겼다고 한다. 끝장을 볼 때까지 마시겠다 한다. 사뭇 비장함이 느껴진다. '최선을 다해 비장하게 논다'는 말은 휴가 나온 군인과 연재를 완결한 작가만의 전유물이다.

완결이라… 문득 수능이 끝난 날 저녁을 떠올려본다. 마음 놓고 쉬기에는 어딘가 붕 뜬 기분. 잘못 찍힌 사진의 감다 만 눈처럼 엉성한 상태로 앉아있던 내가 떠오른다. 장거리 레이스인 만화 연재를 최종적으로 완결 내고 난 직후의 웹툰 작가들의 모습도 얼추 비슷한 것 같다.

달리기를 하다가 결승선을 통과하면 그 속도에 못 이겨 몇

걸음 더 뛰게 된다. 마찬가지로 연재 중인 웹툰의 마지막 화 원고를 송고하고 나면 몸속을 돌아다니던 엔도르핀의 잔여물이 남아 있다. 나는 그걸 '마감하이' 상태라고 부른다(완결한 직후의 마감하이는 곧 '완결하이'이기도 하다). 감이 잘 안 온다면 다이어트 기간이 끝난 직후 머릿속에 떠오르는 음식들을, 군필자라면 휴가 날 부대 정문을 나서는 첫걸음을 떠올려보시라. 그렇다, 바로 그 기분이다.

이제 마지막 화 다음의 후기까지 그려서 보내고 나면 본격적으로 계획을 실천하기 시작한다. 역시나 작가마다 다양한 양상으로 이 시기를 맞이한다. 가장 흔한 케이스가 바로 '최선을 다해 한심하게 지내기' 부류다. 같은 작업실을 쓰는 〈오렌지 마말레이드〉의 석우 작가가 그렇다. 인생을 살며 노력과 성실의 총량이 있다고 믿는 이 부류는 연재 기간 동안의 과도한 성실함과 도를 넘어선 근면함에 대해 자신에게 마음 깊이 사과하는 시간을 갖는다. 그리고 어디까지 한심하게 지낼 수 있는지 테스트라도 해보려는 듯, 아무것도 하지 않는 문자 그대로의 '무위'를 실천하기 시작한다. 의자 위에 빨래처럼 걸려서 눕기와 앉기의 중간 자세로 영화를 보고 있는 그들은 간혹 정지시킨 동영상의 스틸컷처럼 보이기도 한다.

'사회복귀파'도 있다. 이런 작가들은 연재 때문에 사라져버린 사회와의 끈을 열심히 다시 이어본다. 전화하고 또 전화하여 긴 목록의 술 약속을 잡고 그동안 만나지 못했던 친구들을 만난다. 연재 기간 동안 지나치게 건강해져 버린 싱싱한 간을 혹사시키며 하루하루를 보낸다.

'밀린 쾌락을 정산하는 부류'도 있다. 연재 기간에는 고료가 들어와도 쓸 시간이 없다. 그래서 스트레스 해소를 위해 구매한 건프라(건담 프라모델)나 레고를 조립하지 못한 채 쌓아두는 작가들이 많다. 그들은 이제 집착적으로 쌓여 있는 박스를 풀어 광적으로 조립하기 시작한다. 나의 경우 스토리가 훌륭하다고 하여 열심히 구매했으나 사두고 비닐도 뜯지 못한 게임들을 하나씩 격파하며 엔딩을 본다. 밀린 미드나 일드도 훌륭한 정산이 된다. 어떤 작가가 불굴의 의지로 무려 〈프렌즈〉를 시즌 1부터 플레이하는 것도 목격한 적이 있다.

간혹 독특한 방식을 취하는 작가도 있다. 〈구름의 노래〉를 그린 호랑 작가는 완결 후 기념으로 입대를 했다. 잠시 묵념. 이름을 밝히지 못하는 어떤 작가 형은 일용직 노동 현장에서 소위 노가다를 한다. 제아무리 만화를 사랑하는 작가도 장기간의 연재를 하면 조금은 질리게 마련인데, 이 형은 "노가다를 하면 정말로 만화를 그리고 싶어진다"고 한다. 대단한 마인드 컨트롤이다. 어떤 작가는 출근 시간에 일부러 슬리퍼를 끌며 도

웹툰 작가들이 스스로에 대해 갖고 있는 시선

<연재 중>

오직 만화만 그리는 존재

<완결 후>

이젠 만화조차 안 그리는 존재

심지의 패스트푸드점을 간다. 한가하게 햄버거를 우물거리면서 정신없는 출근족을 바라보는 게 그렇게 좋다나.

나의 경우 완결한 이후의 루틴은 두 가지로 나뉜다. 먼저 연재 막바지가 되면 여행 계획을 세운다. 세계 지도를 펴놓고 어딘가로 날아가 버릴 준비를 하는 것이다. 그리고 완결하면 반드시 여행을 간다. 어디든지 상관없다. 여행 초반엔 휴식을, 후반엔 새로운 연재에 대한 마인드 컨트롤을 할 수 있기 때문에 나에게는 제법 효과적인 방법으로 검증되었다.

여행과 별개로 내가 꾸준히 수행하고 있는 '복기'의 루틴이 있다. 완결 직후에는 내 작업실에 있는 수천 권의 만화책을 모두 한 번씩 통독한다. 내가 무엇을 먹고 자랐는지에 대한 의식적인 복기다. 그러다 보면 나도 모르게 영향을 받아 흉내 내고 있는 작품이나 작가들도 발견하게 되고 의식적으로 전수받았다고 느끼는 지점들도 재발견하게 된다. 그리고 재연재에 들어가기 직전에는 최근에 완결한 '나의 작품'을 정독한다. 내가 섭취한 것과 그 결과 내가 싸놓은 것을 모두 복기하는 셈이다. 나 같은 범재가 직업적으로 일을 반복하려면 반드시 필요한 공정이라고 생각하고 있다.

그러나 이런 생활도 잠시, 시간이 흐르면 점점 마음속에 불안감이 자리 잡기 시작한다. 먼저 돈이 떨어지기 시작한다. 연재 중인 동료 작가의 어시스턴트를 잠시 해보기도 하고 외주를 해보기도 한다. 그러나 얄궂게도 연재 중엔 바빠서 하지도 못할 외주가 밀려왔었는데 완결 후엔 뚝 끊긴다. 연애할 때 그렇게 이성이 꼬이다가도 싱글이 되면 소개팅 기회조차 없어지는 느낌과 비슷할까. 연애를 쉰다고 굶지는 않지만 연재를 쉬면 굶게 된다. 하지만 무엇보다 가장 큰 문제는 '잊히는 것'에 대한 두려움이다.

작가마다 쉬는 기간이 다 다르다. 어떤 작가는 15일 만에 차기작 연재를 시작하는 괴물도 있지만(미티 작가나 네스티캣 작가가 그렇다. 만화 그리는 머신이다. 대단해) 보통은 3개월에서 6개월의 시간을 갖는 것이 보통이고 1년을 넘어가기 시작하면 돌아오지 않는 작가군에 속하게 되어 언제 돌아올지 기약하기 어려워진다.

이렇게 저마다 다른 기간을 쉬지만 기간에 상관없이 모든 작가는 연재를 하지 않는 동안 늘 두려움을 두르고 다닌다. 웹툰은 너무나 많고 매일같이 새로운 작품이 올라온다. 나에게 열광해주던 독자들도 내일은 또 다른 작품을 파고들겠지. 나 하나 완결해도 볼 웹툰은 많다. 그래서인지 연재하지 않는 작가들은 스스로를, 지하철 분실물 센터의 버려진 우산처럼 느끼는 것 같다. 아무리 연재가 힘들고 고통스러워도 역시 만화가는 만화를 그릴 때 가장 괜찮다. 이 글을 다듬고 있는 현재 나는 2년 넘게 휴재 중이다. 두렵다. 책이 나올 즈음엔 다시 연재에 돌입해있을까.

예술도
학습할 수
있을까

    우리나라는 온 나라가 재능 콤플렉스에 빠져 있는 것 같다. 타고난 것에 대한 동경, 천재에 대한 로망이 모든 예비 창작자들을 지배하고 있다. 내 10대 시절 역시 재능에 대한 콤플렉스로 가득했다. 내가 아무리 열심히 무언가를 그려도 나보다 잘하는 사람은 늘 주위에 널려있었다. 하지만 시간이 흐르고 나서 그들도 자신보다 잘하는 이들을 보며 괴로워하고 있다는 걸 알게 되었다. '그럼 도대체 어떤 사람들이 만화가가 되는 거지? 대학 입시 커트라인처럼, 재능의 총량에 따라 1등부터 줄지어 세워두고 위에서부터 잘라내는 건가?' 나는 진심으로 그렇지 않길 빌었다. 만약 그렇다면 나는 대기 번호도 못 받을 테니까. 그래서 20대 시절의 나는 거의 언제나 '창작은 학습할 수 있는가'에 대해 고민하며 살았던 것 같다.

우리는 '창의력은 무언가 완전히 새로운 것을 만드는 능력'이라는 생각에 사로잡혀 있다. 이 지점이 문제다. 물론, 어떤 예술은 완전히 새로운 것만을 추구할지도 모르겠다. 하지만 적어도 만화는 아니다. 이야기를 담고 있는 서사 예술은 그런 것이 아니다. 20대 초반 어느 날의 저녁, 아마도 굉장히 추웠던 걸로 기억하는데 아무튼 그날도 나는 어김없이 완전히 새로운 무언가를 그리려면 어떻게 해야 하는가에 대해 고민하며 만화책을 읽고 있었다. 이렇게 고민하며 만화책을 읽는 사람이 나 말고 또 있다면 말리고 싶다. 왜냐하면 너무나 멋진 작품들을 보면서 그런 생각을 하다간 순식간에 '난 안될 거야, 아마'로 빠지게 되기 때문이다. 그날의 나도 거의 자괴감의 화신이 되어가고 있었다. '난 안될 거야, 아마.'

그러다가 문득, 이상한 느낌이 들었다. 원래 무언가를 반복하다 보면 안 보이던 것들이 보이는 순간이 반드시 온다. 그 느낌의 정체는, 이 수많은 만화책 중에서 완전히 새로운 것은 거의 없다는 것이었다. 만화책을 너무 많이 읽은 탓일까. 어느새 내게는 각 작품들 사이의 유사성과 연관성이 보이기 시작했는지도 모른다. '아니, 그럼 내가 왜 이것들에 그토록 빠져 있었지?' 답은 간단했다. 완전히 새로운 것을 보고 싶었던 게 아니었던 것이다. 흥미로운 이야기를 보고 싶었을 뿐이었다. 그리고 멋진 작품들은 모두 흥미로웠다. 하지만 그런 작품들이 모두 새롭지는 않았다. 이야기의 세계는 1퍼센트의 새로운 작품과 99퍼센트의 새롭진 않지만 재미있는 작품으로 구성되어 있기 때문이다. 의심된다면 음악, 영화, 소설, 만화를 모두 둘러보라. 그리고 이 지점에서 엄청난 안도감을 느꼈다. 1퍼센트에 들어갈 자신은 없지만 99퍼센트에는 들어갈 수 있을 것 같았기 때문이다. 그렇게 생각한 이유는 다음과 같다.

스토리란 재미있는 메시지다. 그리고 재미는 두 가지에 의해 결정된다. '무엇을' 말할 것인가와 '어떻게' 말할 것인가. 물론 이론적으로는 재미있는 것을 재미있게 풀어내면 최고다. 그러나 그럴 수 있는 확률은 제로에 가깝다. 왜냐하면 인류 역사상 '무엇을'에 해당하는 재미는 이미 거의 다 나왔기 때문이다. 그래서 완전히 새로운 것에만 매달리는 창작자들은 끊임없이 신선한 소재나 형식만을 좇게 되었다. 그러나 그 역시 언젠가는 고갈될 것이다.

여기서 잠깐, 계속해서 새로운 소재를 찾아다니는 것이 나쁘다는 뜻은 절대 아니다. 그것 자체도 대단한 일이다. 그리고 대중매체의 작가라면 새로운 소재에 대한 관찰과 헌팅은 매우 성실한 노력이며 본받을 일이다. 다만 여기엔 함정이 존재한다는 말을 하고 싶은 것이다.

바로 재미있고 신선한 소재를 매우 재미없게 그려버리게 될지도 모른다는 것이다. 최고급 품질의 고기를 처음 자취하는 대학생에게 주면서 요리하라고 하면 그 덩어리로 국을 끓여버릴지도 모른다. 하지만 반대로 최고의 셰프는 우리 동네 시장에서 산 재료로도 엄청난 요리를 만들 수 있다. 흔한 소재로도 재미있는 이야기를 만들 수 있다는 것이다. 이 지점에서 바로 '어떻게 말할 것인가'의 중요성이 등장한다. 그것이 바로 현재 장기간 한국을 달구고 있는 유행어, 스토리텔링이다. 그리고 스토리텔링은 학습되는 것이다. 마치 언어와 같이.

하지만 이 지점에서 다시, 스토리에 대한 두 가지 상반된 견해가 고개를 든다. 이는 웹툰 작가들 사이에서도 끝없는 논란거리다. 첫 번째, 스토리텔링은 본능적인 것이고 누군가에게서 배울 수 없다. 두 번째, 스토리텔링은 학습할 수 있다. 그러나 이 두 가지는 사실 모두 같은 결론에 이르고 있다. 어떻게 그러한지 보자.

스토리는 캐릭터가 무엇을 할지, 어떤 말을 할지에 관해 선택하는 과정의 연속이다. 그런 선택은 또 다른 선택을 낳게 되고 이야기는 그렇게 어딘가로 흘러간다. 그런데 이 선택에 있어서 학습 무용론자들은 본능을 믿는다. 그동안 자신이 살아온 경험 안에서 결정이 난다는 뜻이다. 이건 일종의 감각이기 때문에 누군가에게서 배우기가 어렵긴 할 것이다. 그리고 나는 '자신에게 물어봐야 한다'는 바로 그 지점에 동의한다. 이는 그림에 대해서도, 연출에 대해서도, 심지어는 인생 전체에 걸쳐 마찬가지라고 생각한다. '이렇게 하고 싶어? 그쪽이 재미있어?' 끊임없는 자문은 어찌 보면 모든 학습의 핵심이다. 즉, 내가 만난 학습 무용론자들이 하는 주장의 핵심은 '자신을 가르칠 수 있는 건 자신뿐'이라는 것. 그러니 엄밀히 말하면 그들 역시 완전한 학습 무용론자들은 아니다. 책이나 강의 등으로는 배울 수가 없다는 뜻일 뿐.

하지만 그런 주장은 수많은 사람들을 무기력에 빠지게 한다. 여행길의 초심자에게 있어서 "어디로도 갈 수 있어"라는 말은 곧 아무 데도 가지 못하게 하기도 한다. 그렇기 때문에 우리에겐 지도가 필요하다. 다행스럽게도 지금까지 수많은 스토리텔러들이 구도의 길을 걸었고 그중 대체로 옳았던 몇몇 경로 위엔 길이 생겨났으며 그 덕에 우리에겐 지도가 주어졌다. 그 지도는 작법서일 수도 있고 기존에 나온 멋진 작품일 수도 있다.

데뷔작을 완결하고 나서 나 자신의 무력함을 절감했다. 차기작으로 준비한 내용들은 번번이 거절당하고 있었다. 〈닥터 프로스트〉의 연재를 시작하기 전까지 그사이의 1년은 여러 모로 힘든 시기였고 서른 살을 바라보는 나는 많이 불안했다. 거대한 불안과 공포를 이겨내고 싶어서 공부를 시작했다. 지금부터 정리할 나의 독학 방식은 아마도 꽤 많은 분야에 적용이 가능할 것 같다. 참고가 되길 바라며 공유한다.

나의 스토리 독학은 크게 세 가지로 나뉜다.

타인의 스토리 분석, 작법서 공부, 그리고 자신의 스토리 쓰기. 아침에 일어나면 가장 먼저 내가 재미있게 본 영화나 드라마 한 편을 본다. 그냥 보는 게 아니고 계속 정지 버튼을 눌러가며 분, 초 단위로 어떤 일이 벌어지는지를 적어가며 본다. 이건 스토리 분석의 첫 단계다. 그렇게 한 편을 다 보면 A4 용지 서너 장의 타임라인이 나온다. 그 타임라인을 표와 그래프로 정리해둔다. 그러나, 아무것도 보이지 않는다. 그래도 그냥 한다. 시간은 잘 가니까.

그리고 점심이 되면 작법서를 읽는다. 누군가가 좋다고 추천해준 작법서를 한 권씩 읽었다. 그렇게 작법서를 읽다 보면 무슨 뜻인지 도저히 이해가 안 되어 짜증이 나기 시작한다. 왜 작법서는 그렇게 어렵게만 쓰인 것일까. 그러면 한 챕터쯤 읽다가 덮어버린다. 저녁이 되면 내 스토리를 쓴다. 엉망이다. 하지만 그냥 쓴다. 시간은 잘 가니까.

그러다 보면 당연히 막히고 더 이상 앞으로 나아가지 못한다. 그러면 그냥 잔다. 의미 없어 보이는 첫날이 지나갔다. 하지만 중요한 것은 이 과정의 반복에 있다.

다음날 아침이 되어 다시 하루를 반복한다. 드라마를 틀어놓고 타임라인을 만든다. 그 타임라인을 다시 표로 만든다. 그러면 신기하게도 어젯밤 쓰다가 막혔던 스토리에 대한 힌트가 나오기 시작한다. 일주일 정도 반복하면, 단순한 사건 메모의 나열과 표였던 종이 위에서 묘한 패턴이 보이기 시작한다. 작법서에서 여러 번 언급했던 구성 같은 것들이 조금씩 드러나는 것이다. 막연했던 풍경 위로 몇 개의 길이 보이는 느낌이다. 동시에 내가 직접 쓰던 스토리 덕분에 분석을 할 때 특정한 부분을 더 자세히 들여다보게 되기도 한다. 막연함은 사라지고 단거리 목표가 생긴다.

점심때가 되어 작법서를 어제에 이어 읽기 시작하면, 작법서에서 이야기하고 있는 내용의 예시가 아침에 본 드라마 속에서 떠오른다. 혹은 아침에 분석하고 정리했던 스토리가 조금 더 선명하게 보일 때도 있다. 어디에서 1장을 끊는 게 좋았을지, 주인공의 동기가 완성되는 시기가 왜 그 지점에 나왔는지, 안개가 조금씩 걷혀간다. 그리고 지금 자신이 쓰고 있는 스토리에서 막혔던 부분들의 힌트가 더욱 구체적으로 떠오른다. 내 스토리에서 사건이나 갈등이 약하면, 드라마 분석을 할 때도 사건과 갈등이 보이고 작법서에서도 그에 대한 힌트를 얻는다. 이렇게 각 과정이 서로서로 도움을 준다. 대충 이런 식이다.

이런 생활을 석 달 정도 했다. 그러자 아주 조금씩 스토리의 길이 보이기 시작했다. 일단 다양한 참고용 길이 보이자 학습 무용론자들의 주장처럼, 나 자신에게 물어보기도 훨씬 쉬워졌다. 결국 두 가지 의견은 이 지점에서 같은 결론에 이르게 된다. 많이 참고하고, 계속 자문하기. 고작 석 달, 약 100일간의 시도도 꽤 큰 도움이 되었으니 아마 다른 누군가에겐 더 큰 효과가 있으리라.

이 시기 이후로 재능에 대한 부담과 두려움은 많이 사라졌다. 그리고 사람들은 진정 재미있고 중요한 이야기라면 새롭지 않더라도 돈을 주고 구매할 의사를 갖고 있다. 사실 나는 학습 성애자에 가까운 사람이다. 하지만 그런 나도 모든 것이 학습 가능하다고 생각진 않는다. 단지, 재능을 탓하기엔 너무나도 할 것이 많고, 할 수 있는 것이 많다고 생각할 뿐이다. 그 후에 재능을 탓해도 늦지 않다.

만화가에겐
덕질이
필요하다

나는 아무래도 웹툰 작가들 사이에서 살짝 특이하다는 평을 받고 있는 것 같다. 친한 동료들에게 물어보니 아마도 하는 일이 잡다해서인 듯하다. 나는 만화가이긴 하지만 돈벌이를 직업의 기준으로 삼는다면, 팟캐스트 진행자도 직업이고 이 책을 쓰고 있는 지금은 에세이스트도 직업이다. 얼마 전에는 멋진 웹툰 작가들을 매년 수두룩하게 배출하고 있는 청강문화산업대학교에서 교수일까지 맡게 되었다(정말로 예상하지 못했던 일). 과거의 생계들은 빼놓고 보아도 네 가지다. 우선순위의 차이는 조금씩 있지만 이 네 가지 모두 어엿한 직업으로 생각하며 책임감을 갖고 있다. 그리고 이런 이유로 가끔 핀잔도 듣는다. 만화가면 만화나 그리라고.

하지만 개인적인 생각은 이렇다. 정말로 만화 한 가지만 유일하게 하고 있는 만화가는 곧 만화를 그릴 수 없게 될지도 모른다. 나는 그런 두려움을 갖고 있다.

고등학교를 졸업하고 얼마 지나지 않았을 때 우연한 기회로 학생 시절 내내 좋아했던 만화가 한 분을 만난 적이 있다. 나와 비슷한 또래의 만화가들은 대부분이 그 작가의 작법서를 통해 만화를 배웠다. 스무 살의 내가 그를 만나 들었던 가장 인상 깊었던 말은 이것이었다.

"만화가라면, 만화 아닌 한 가지 이상의 분야에 대한 준전문가적 식견이 있어야 한다."

그리고 나는 그 말을 조금 확대 해석해서 지금의 생활을 이어가고 있다. 물론 만화 이외의 분야가 꼭 직업일 필요는 없다고 생각하지만 덕질, 취미, 뭐가 되었건 만화와는 관계없어 보이는 다른 무언가라는 것은 막연히 느끼고 있다.

끝내주는 소재가 떠오를 때가 있다. 재미난 상황이나 매력적인 캐릭터가 그려질 때도 있다. 쓰고 보니 죽여주는 대사가 될 때도 있다. 번쩍이는 영감에 매료되어 이야기를 쓰고 원고 작업을 할 때가 있다. 그러나 그런 경우 대부분은 몇 줄 넘어가기 전에 막막해지곤 한다. 왜냐하면 불꽃같은 영감은 가스레인지의 스파크와 같이 찬란하고 화려하지만 동시에 휘발성이기 때문이다. 이러한 감각과 영감이 불꽃에서 끝나지 않고 긴 시간 불길로 타오르려면 그 뒤에 가스통이 있어야 한다. 불이 옮겨 붙을 정도로 높은 농도의 압축가스. 그리고 나는 이런 고농도의 연료통을 의무적이지 않은 몰입이나 혹은 즐거워서 하지만 취미 이상의 식견을 제공하는 단계의 일, 이를테면 덕질 같은 것으로 정의하곤 한다.

이야기꾼은 연애 중인 사람과 비슷해서 자신이 보고 듣는 모든 경험을 현재 몰두 중인 이야기와 연관 지어 생각하는 경향이 있다. 이는 흔히들 생각하는 좁은 의미의 공부와 다르다. 그러한 공부는 A를 알기 위해 A를 파고든다. 하지만 덕질은 단순히 재미있어서 따라다니는 B와 C, D에서 모두 A를 추출하게 한다. 나는 〈스타크래프트〉를 하지 않지만, 본진과 멀티의 개념은 안다. 그리고 멀티 진영에서 모아들이는 모든 미네랄은 화면 상단 한곳으로 모여 전체 플레이를 위한 요긴한 자원이 된다(고 하더라).

안타깝게도 데뷔를 준비하는 지망생이나 예비 작가들은 어서 빨리 실력을 갈고닦아 나를 기다리는 저 독자들 앞에 충격적인 등장을 해야 하기 때문에 대부분 여유가 없다. 그래서 지금까지 살면서 알게 모르게 쌓아온 것들로 만화를 그리게 된다. 하지만 한국 교육 시스템 속에서의 10대 시절은 작가의 씨앗에 그리 비옥한 토양이 아니다. 그래서 많은 경우 자신의 손에 들린 것이 휴대용 가스버너를 위한 소담한 사이즈의 가스통이라는 것을 느끼게 된다(그래서 데뷔작으로 수백 화짜리 대서사시를 그리는 것은 나에게는 훨씬 어려운 길로 보인다. 첫사랑과 결혼하겠다는 꿈은 누구나 꾸지만 그 결과는 우리 모두 알고 있으니까. 신계와 마계, 중간계의 대서사시는 나중에 풀어내도 늦지 않다고 생각한다). 물론 지망생들이 데뷔 전에 하는 피땀 어린 연습의 시기는 최소한의 기술을 마련하는 데 쓰인다고 믿는다. 하지만 운과 실력을 활용해 데뷔를 하고 나면, 대부분 첫 작품이 끝나는 순간 텅 빈 가스통을 마주하게 되기 십상이다. 나 역시 엄청난 공포감과 괴로움을 느꼈다.

현재 오랫동안 연재를 지속하고 있는 동료 작가들을 관찰한 결과, 그들 대부분은 이처럼 만화와 무관해 보이는 무언가에 몰두하고 있었다. 그토록 바쁜 연재 중에 어떻게 하느냐고? 연재 중에는 어려울 수도 있다. 하지만 직업 운동선수는 오직 시합만을 반복하지 않는다. 운동선수들은 시합이 없을 때 훈련을 한다. 만화가들 역시 연재를 하지 않는 시간이 있고, 내가 존경하는 동료 작가들은 모두 그 시간에 무언가를 하고 있다. 그리고 작가의 취미와 덕질은 운동선수의 훈련처럼 괴롭기만 한 것이 아니라서 눈물나게 다행이라고 생각한다. 내가 운동의 세계를 잘 몰라서 하는 소리일지도 모르지만.

만화는 이야기를 다루는 예술이다. 그래서 다른 모든 이야기 예술 분야의 창작자들과 마찬가지로 만화가 역시 '하고 싶은 말'과 '할 수 있는 기술'을 둘 다 필요로 한다. 후자를 위해서 지금도 수많은 웹툰 작가들이 작업실에 틀어박혀 기술을 연마하고 죽음의 마감을 통해 스스로를 단련시킨다.

그러나 이야기꾼으로서의 작가가 전자, 즉 '할 이야기'를 쟁여놓기 위해서는 한 가지 더, 세상을 보는 눈이 필요하다고 생각한다. 이건 한 분야에 대한 깊이 있는 공부라거나 시사적인 식견, 대단한 철학을 이야기하는 것이 아니다. 순수한 덕질을 통해 작업실 외부를 향한 창을 지속적으로 열어두는 것을 의미한다. 나는 운 좋게 그 덕질들이 약간의 돈을 벌어다 주고 있을 뿐, 만화라는 본진을 위해서는 그것들 역시 정말 소중한 일들이다. 그러니까 제발 만화만 그리라고 하지 좀 말아줘.

나는 오늘도
내 덕질을
변호한다.

막혔을 때
돌아가는 법

9년 전, 처음 데뷔해서 마감이라는 걸 겪었을 땐 마치 갓 입소한 이등병처럼 하루하루가 공포의 연속이었다. 각 공정도 쉽지 않은데 내 팔 끝에 왜 발이 달려 있는 건지 결과물은 통 마음에 들지 않는다. 무엇보다도 죽을힘을 다해 마감에 성공해도, 바로 다음 화의 스토리가 막혀서 풀리지 않는다면, 으악. 공포 영화의 끔찍한 장면 이전엔 늘 스산한 음악이 흐르듯, 귓가에는 공포의 전주가 흐르기 시작하고 잠은 오지 않는다.

창작이란 닦인 길을 걷는 게 아니라, 길을 내는 것에 가깝다고 생각한다. 그 길이 오솔길이건 대로이건 상관없다. 소설가, 시나리오 작가, 광고 기획자, 게임 작가, 혹은 무엇이건 상관없다. 없던 것을 만드는 일은 당연하게도 늘 어딘가에서 막히게 되어 있다. 매주 마감을 하는 웹툰 작가에게는 지옥과도 같은 상황이다(에세이를 쓰다 보니 지옥 같다는 표현을 자주 쓰는 것 같다. 오해하지 마시라. 웹툰 작업은 지옥 같은 순간의 연속이지만 천국처럼 행복한 직업이라고 생각한다). 이럴 때 나는 주로 세 가지 방법을 쓴다.

먼저 어떤 한 지점이 막혔다는 것은 그 지점이 문제가 아니라 보다 앞쪽의 어딘가가 문제라는 뜻이다. 일반적으로 사람들은 일에서든 인간관계에서든 문제 상황이 벌어지면 가로막힌 그 지점에 계속 붙잡힌 채 고민을 반복한다. 하지만 내 생각은 이렇다. 지금 당장 어떤 문제가 벌어졌다면 그 원인은 당연하게도 '이전의 어딘가'에 있다. 스토리를 펴놓고 이미 걸어온 지점들을 돌아본다. 주인공의 동기가 빈약해서일 수도 있고 캐릭터 간의 관계가 불분명해서일 때도 있다. 혹은 나만 알고 있는 것을 이미 독자가 알 거라고 멋대로 가정하고 써내려갔기 때문일 때도 많다.

〈닥터 프로스트〉 시즌 1의 '타인의 욕망'이라는 에피소드를 연재하던 때였다. 아이돌 가수가 스토커에게 시달리는 이야기였는데, 조금씩 '가짜 가해자'를 배치해서 독자를 헷갈리게 만드는 게 관건이었다. 그러다가 한 악플러가 검거되는 장면이

나오는데 아무리 읽어보아도 이 부분이 너무 뜬금없게 느껴지는 것이다. 그래서 앞을 다시 읽어보니 생각보다 방법은 단순했다. 독자에게 이 악플러를 미리 여러 번 노출시켜주면 되는 일이었다. 그렇게 앞부분의 중간중간 의문의 괴한으로 악플러를 삽입했더니 전반적인 연출이 좋아졌던 기억이 난다. 이처럼 이야기가 막히는 이유는 다양하지만 이런 '돌아봄'을 거치면 '내다봄'을 할 수 있게 되는 듯한 느낌이 든다. 쓰고 보니 스토리에만 국한된 이야기가 아닌 것 같다.

두 번째로, 이야기가 막힐 때면 공부를 한다. 재수 없다고 덮지 말고 조금만 더 읽어보시라. 여기서 내가 말하는 공부의 의미는 굉장히 넓다. 나처럼 취재를 많이 해야 하는 경우에는 자료나 인터뷰 녹취록, 사례집, 논문 등을 다시 읽어보는 것이 공부지만, 캐릭터가 중요한 작품을 하는 작가에게는 사람을 만나보고 이야기를 나누는 것도 공부라고 생각한다. 일상툰이나 개그물을 그리는 작가들의 경우 대화가 잘 통하는 일군의 동료 작가들끼리 모여서 편안하게 대화를 나누기도 한다. 대표적으로는 〈가우스전자〉의 곽백수 작가, 〈생활의 참견〉의 김양수 작가, 〈꽃가족〉의 이상신 작가와 〈애니멀 스쿨〉의 황진선 작가는 정기적으로 만나 맥주도 마시고 편안하게 대화하면서 서로의 이야기와 아이디어를 들어주고 의견을 교환한다. 내가 알기로 그 모임은 이미 10년 정도 지속되었다. 나 역시 심리학자들, 정신과 의사 선생님들과 틈틈이 만나 자유롭게 이야기를 나누며 길을 모색한다. 이런 종류의 공부는 자신이 다루고 있는 요리의 원재료를 찬찬히 뜯어보는 느낌이다.

마지막 방식은 궁극의 비기다. 일이 정말 너무 막힐 땐 그냥 쉰다. 그런데 그냥 무작정 쉬거나 잠을 자는 게 아니라 꼭 버릇처럼 하는 일이 있다. 바로 나만의 경전에 해당하는 작법서를 아무 페이지나 펼쳐서 편안한 마음으로 읽어 내려가는 것이다. 작가라면 누구에게나 이 일을 시작하도록 만든 작품, 즉 자신만의 경전이 있다. 그건 영화일 수도 있고 게임일 수도 있으며 한 곡의 노래일 수도 있다.

나의 경우 로버트 맥키의 『Story 시나리오 어떻게 쓸 것인가』라는 책과 이와아키 히토시의 〈기생수〉가 그렇다. 마에카와 다케시의 〈쿵후보이 친미〉나 야마시타 가즈미의 〈천재 유교수의 생활〉도 매우 효과가 좋다. 일과 고민을 멈추고 가까운 곳에 꽂아둔 이런 책들을 펼친 후 공부하겠다는 마음을 버리고 목적 없이 읽어 내려가다 보면, 신기하게 막혔던 곳이 풀리는 경우가 많다. 간혹 풀리지 않더라도 적어도 휴식은 된다. 그리고 덤으로 마치 벨트를 고쳐 매듯 동기를 재정비하게 되는 효과도 있다. 지도 위에서 자신이 출발한 지점을 계속 복기하는 것은 생각보다 유용하다.

처음 데뷔했을 땐 당장의 마감도 급한데 스토리가 막혀서 정말 무서웠던 기억이 난다. 하지만 길을 만드는 작업은 당연히 막힘의 연속이다. 일이 술술 풀리는 즐거움은 분명 짜릿하다. 하지만 이렇게 막막한 정지 상태 역시 일상적인 작업의 일부라고 느낀다. 그동안 마련한 요령들을 정리하고 보니 하나같이 '돌아봄'과 관련되어 있다는 걸 느낀다. 하긴, 길이 막혔을 땐 돌아보는 것 이외에 또 어떤 방안이 있겠나 싶다.

좀 아픈 이야기가 될 것 같다. 지금 이 글을 읽고 있는 당신이 웹툰 작가라면 눈물부터 훔칠지도 모르겠다. 웹툰 작가는 연애하기가 쉽지 않다는 말을 많이 듣는다. 데뷔 이전부터 시작된 연애라면 몰라도 일단 데뷔를 하고 나면, 연애를 시작하기가 만만치 않다. 적어도 주간 연재를 하는 동안에는 더욱 그렇다. 여러 이유가 있겠지만 내 개인적인 생각으로는 우리가 하고 있는 연재라는 것 자체가 연애와 거의 똑같기 때문이다. 정말로, 거의 모든 면에서 그렇다.

첫 만남. 연애가 시작되는 모습은 크게 세 가지다. 첫 번째, 노리고 만나는 의도적인 시작(소개팅, 헌팅)을 잘 드리블하여 연애까지 돌입하는 경우를 보자. 만화로 치면 대부분의 기획 스토리가 이에 해당한다. 독자들의 요구와 유행을 감안해서 소재와 주인공 캐릭터, 플롯까지 잘 기획하며 만들어 나가는 작품. 그것은 마치 소개팅과도 같다. "너 이상형이 뭐였더라? 아, 그래? 얘는 어때? 딱이지?"

두 번째 경우는 늘 만나오던 사람과 연애로 이어지는 경우다. 오래된 친구와 연인이 되기도 하고 동아리 선배가 연인으로 다가오기도 한다. 마치 심리학도가 심리학 만화를 그린다든가, 학교 선생님이 학교 이야기를 그린다거나(〈스쿨홀릭〉), 고시생이 고시생 이야기를 그리기도 하고(〈고시생툰〉), 현직 경찰이 경찰관 만화를 그리기도 하는 것처럼(〈뽈스토리〉). 딱히 만화를 하기 위해서 선택한 경험은 아니었지만 어느새 나의 가장 전문적인 분야가 되어버린 소재로부터 이야기가 흘러나오는 건 너무나 당연한 일이다. 15년을 봐오던 소꿉친구. 굳이 "잘 키워서 연애해야지, 으흐흐"라는 마음으로 만나는 경우는 없을 것이다. 그러나 그 친구의 장단점을 속속들이 알고 있기에 가끔 솟아나는 애틋하고 모호한 감정이라는 것이 있지 않은가.

세 번째로 완전한 우연에서 시작되는 연애가 있다. 꽤 많은 만화들이 이 경우에 해당한다. 작가가 어느 날 무언가에 한 방에 꽂혀버리는 일. 생각보다 드물지 않다. 술자리에서 친구의 소개로 만난 소재에 넋을 잃고 빠져들거나 우연히 기사에서 읽은 한 줄의 글에서 운명적인 사랑을 느끼는 것이다. 그때부터 작가는 그 소재에 대해 알아보기 시작하고 열렬한 구애를 하면서 이야기를 짜기 시작한다.

연애와 연재의 닮은 지점이 너무 억지스럽다고? 이것만이 아니다. 연애를 하는 초반 과정 또한 놀랍도록 연재 초반부와 닮았다. 첫 만남부터 무거워선 안 돼. 만나자마자 인생의 신념이나 가치관을 논하는 사람이 어디 있어. 도입부는 보다 흥미롭고 무겁지 않게 가자고. 하지만 한 화, 한 화 데이트를 반복해 나아가면? 좀 더 깊은 이야기를 해보자. 서두르지 말고, 이번 화에서는 캐릭터의 과거가 있다는 것만 슬쩍 보여주라고.

이번엔 일상을 보자. 연인들의 일상 또한 연재 작가의 일상과 비슷하다. 연애를 하는 동안 연인들은 늘 서로에 대해서 생각한다. 아침에 눈을 뜨면 연인이 잘 잤는지부터 떠오른다. 자기 전에는 상대의 목소리를 1분이라도 더 듣기 위해 전화기를 베개 삼아 누워 잠든다. 뜨거워진 전화기로 인해 뺨에 저온 화상을 입을지라도 마냥 좋기만 하다. 우리의 사랑이 더 뜨거우니까(음…). 길을 가다 꽃을 봐도 상대방이 생각나서 한 송이 사고, 생전 쓰지 않던 일기를 뚝뚝 떨어지는 감성에 담갔다가 갓 꺼낸 글자들로 적어 내려간다.

연재에 들어간 만화가도 마찬가지다. 길을 걸을 때도 스토리를 생각하고 잠들기 전 누워서 복선에 대해 고민하며 눈을 뜨자마자 대사를 고쳐 쓴다. 길을 가다가 맘에 와 닿는 문구나 광고 전단지라도 발견한다 치면 핸드폰에 메모하기 일쑤다. 그뿐만이 아니다. 연재 중인 만화가와 술을 마셔본 사람은 알 것이다. 술자리에서 적당히 흥이 올라 신나게 수다를 떨려는 찰나, 마치 연인에게 온 전화기를 품에 안고 달려 나가는 사람처럼 내 얘기는 듣지도 않고 뭔가를 메모하고 적어 내려가는 모습을 … 둘 다 빈축을 사기 일쑤지만 어쩔 수 없다.

연애와 연재의 끝도 마찬가지이다. 사랑에도 생명이 있어 그 끝 역시 자연사가 있고 사고사가 있다. 급사도 있고 장거리 연재의 경우에는 객사도 한다. 작품 하나를 완결할 때도 작가는 자신이 만든 세계와 이별할 준비를 해야 하지만 그 모양이 반드시 좋지만은 않다는 뜻이다. 드물게는 후회 없는 완결도 있지만, 자다가도 이불을 천장까지 차올리게 만드는 완결 역시 존재한다. 인기가 없어 급사하는 완결도 있다. 정말 슬픈 일이다. 그리고 가끔은 작가 본인이 연재 중인 작품에 정떨어지는 경우도 있다. 이런 경우 다시 불타는 사랑을 하기란 만만치 않은 일이다. 그때부터 다른 이성이 눈에 들어오듯 이 소재 저 소재 모두 매력적이다. 지금 그리는 작품이 아닌 다른 이야기를 그리고 싶어지는 것이다.

작가가 연재 중인 작품을 어떤 식으로 완결하든 간에 그 뒤에는 이별 후의 공허함과 같은 찬바람이 불어온다. 그것은 마치 풀숲에 숨어 있는 덫처럼 예상치 못하게 찾아오기도 한다. 친한 작가 한 명은 연재 완결 축하 술자리를 끝내고 집에 돌아가는 넓은 주차장 한복판에서 갑자기 눈물이 터져 나왔다고 했다. 이유 모를 눈물을 흘리며 집까지 걸어가는 새벽. 헤어진 연인의 뒷모습과 다를 바 없다. 그런 마음 때문에 다시 그 얘기를 이어서 2탄을 그리고 싶어지기도 한다. 이노우에 다케히코와 〈슬램덩크〉라는 작품은 세기의 연인이었다. 그 얼마나 많은 이들이 〈슬램덩크〉 속편을 고대했던가.

여기서 끝이 아니다. 이렇게 연재를 끝내놓고서 한 달, 두 달 폐인처럼 지내다 보면? 연재 중에 그토록 고생을 해놓고는 결국 또 다음 사랑을 준비한다. 겁을 내면서도 결국 다시 조심스럽게 만남을 준비하고 계획을 짜고 숨어 있다가 필살의 대사를 날릴 준비를 한다.

정말 똑같지 않은가. 이쯤 되면 연재 중인 만화가에게 연애란 양다리와 다를 바가 없다. 연인과 데이트가 한창인데 스토리 고민에 빠져 있거나, 주말 데이트를 하는 날인데 전날 마감에 쫓겨 늦잠을 자면 상대방은 '나, 지금 만화에 진 거야?'라는 기분이 들 법도 하다(물론 그런 대사를 입 밖으로 꺼내진 않겠지만). 당연한 일이다. 그 누가 이런 이성과 연애를 하고 싶겠는가. 민폐도 이런 민폐가 없다. 민폐 월드투어가 있다면 만화가들은 그랜드슬램이다. 그래서 연재 중인 만화가들은 외롭다.

마감 중에는
딴짓이
필요하다

　SNS에서 만화가들을 많이 알아두는 사람은 재미난 풍경을 볼 수 있다. 각 요일마다 그날그날 마감 중인 다양한 만화가들의 증상을 돌아가며 볼 수 있기 때문이다. 이를테면 〈들어는 보았나! 질풍기획!〉의 이현민 작가는 마감 때가 되면 타임라인을 엄살과 불평, 신음소리의 트리니티로 가득 채운다. 나 같은 경우는 작업 상황을 수시로 올리기도 하고 강풀 형님의 음식짤은 새벽 시간에 정신 공격을 가하기도 한다. 〈우리들은 푸르다〉의 문택수 작가는 게임에 대해 진지하게 논하는 포스팅을 마구 올리기도 한다.

　이 모든 증상은 마감 증후군의 일종으로 보이는데, 작가들이 이런 트윗질과 페북질을 하면 독자들은 "그럴 시간에 원고나

하라!"고 원성을 보내기도 한다. 만화가뿐만이 아니다. 국지성 집중 야근과 백야성 철야 지역에 사는 모든 종족들은 한결같이 웹서핑과 게임 같은 마감 중의 딴짓에 굉장히 익숙하다. 그리고 그런 딴짓은 꼭 죄책감을 동반한다.

마감 중의 딴짓을 책망하는 독자들이여, 마감 중에는 딴짓이 필요하다. 절대적으로 필요하다. 왜냐하면 마감은 단거리 달리기가 아니라 마라톤에 가깝기 때문이다. 마라톤 중간에 물 한 잔 마시지 않는 러너는 없다. 물론 마감 직전은 막판 스퍼트에 가까우니 딴짓이 무리겠지만, 마감 기간 2~3일 동안의 딴짓은 마치 주행 중인 자동차의 배터리 충전과 같은 것이다.

마감은 번뜩이는 순간의 창조라기보다는 오히려 장기간의 노동에 가깝다. 그렇기 때문에 더 많이 필요한 것은 작업 지구력이다. 작업 지구력은 정신력으로 버티면서 앞을 향해 달려가는 롤로노아 조로(오다 에이치로 작가의 만화 〈원피스〉의 캐릭터로 주인공 루피의 동료. 여러 개의 칼을 사용하며 모든 것을 베어 넘기는 투지와 근성의 상징)의 패기 같은 것이 아니다. 그런 정신력으로는 한두 번의 마감이야 가능하겠지만, 반복되는 마감의 나날을 그런 자세로 뚫고 나아가선 곤란하다.

아마추어와 프로를 구분 짓는 여러 가지 표현을 들을 때마다 뭔가 잘난 척하는 직업인의 표현 같아서 부끄럽지만 아래의 문장에는 굉장히 공감했다.

"직업인(프로페셔널)의 유일한 특징은 '반복'이라는 루틴에 있다."

모름지기 프로페셔널이라면, 경우에 따라서 자신에게 관대하고 자신을 달랠 줄도 알아야 한다. 왜냐하면 그래야 일상적인 반복 노동을 지속할 수 있기 때문이다. 이건 패기보다는 습관에 가깝고 기술보다는 체력에 가깝다. 웹툰 작가를 비롯한 마감 좀비들은 그 사실을 본능으로 알고 있다. 그렇기 때문에 생존 본능에 의해서 다양한 딴짓을 한다. 웹서핑이 아마도 가장 많이 애용되는 딴짓거리일 것이다.

그러나 많은 이들이 그런 딴짓을 통제하는 방법을 잘 알지 못한다. 그래서 종종 마감 레이스로 제때 돌아오지 못하기도 한다. 여러분이 우려하시는 상황은 이 경우에 발생하는 것이다. 그래서 나는 나만의 딴짓 노하우를 활용한다.

게임을 활용할 경우, 끝이 없는 게임은 굉장히 위험하다. 몬스터를 잡아가며 레벨을 올리는 기나긴 수도의 여정을 떠나선 다시 돌아오지 못할 수도 있다. 같은 맥락에서 〈위닝 일레븐〉이나 〈몬스터 헌터〉 역시 치명적이다. 이러한 게임들은 가히 한 작업실을 몇 달 만에 붕괴시킬 수도 있는 무시무시한 게임이다(그래서 나는 연재가 끝나면 폐관 수련의 자세로 그런 게임들을 즐긴다). 마감 중에 딴짓을 위해 게임을 활용한다면 자잘한 스테이지 형식의 게임이 낫다. 나의 경우 〈포털〉 같은 퍼즐형 게임을 즐겨 하는 편이며 〈배트맨: 아캄 오리진〉이나 〈GTA〉 같은 게임의 한 가지 미션만을 클리어하기도 한다(이건 생각보다 중간에 관두기가 어려우니 주의).

혹은 마감이 시작될 때 미리 챙겨 쌓아둔 만화책을 읽기도 하는데, 이때도 〈원피스〉나 〈나루토〉는 곤란하다. 마감을 놔두고 해적왕의 길을 떠나버렸다간 도가시 요시히로(게임에 빠져 비정기 연재를 하는 전설의 〈헌터 × 헌터〉의 작가)와 같은 꼴이 날 수도 있다. 그 정도의 수입을 벌어들이지도 못하면서 말이다. 차라리 특정 작가의 단편집이나 짧은 동화, 짧게 끊어지는 에세이집 등이 훨씬 적절하다. 무라카미 하루키의 『밤의 거미원숭이』나 『또하나의 재즈 에세이』 같은 경우 오랜 기간 나의 마감 동지였다. 김소연 시인의 『마음사전』도 정말 좋은 동반자다. 특히나 성실한 타입이라면 작법서 한 챕터를 읽는 것도 나쁘지 않다(이쯤 되면 딴짓의 영역이 아닐 수도).

수많은 마감 동지들이 손쉽게 구할 수 있는 아이템을 활용하는데, 대표적인 예가 웹서핑이다. 웹서핑 자체를 말리진 않겠다. 우리에겐 상수도 같은 고마운 존재니까. 하지만 부디 마감 중이라면 포털 사이트에서 서핑을 하진 말아달라. 포털은 교묘하게 얽힌 거미줄, 통발, 개미지옥 같은 것이다. 한 클릭 한 클릭 넘어가다 보면 어느새 망망대해의 한가운데에 떨어진 초라한 서퍼처럼 조난을 당할 수 있다. 말 그대로 포털, 마감 전장의 한복판에서 돌아올 수 없는 곳으로 나를 포털 이동시켜 버린다.

그것보다는 한 가지 주제로 깊게 구성된 개인 블로그나 개인 홈페이지를 추천한다. 포털 사이트의 각종 기사가 한국형 아침 드라마의 형식이라면, 이런 '주제형 사이트'의 포스팅은 미국드라마의 포맷과 같다. 한국 드라마는 다음 편을 보지 않고는 못 버티게 만드는 전형적인 통발 형식이지만, 미국 드라마는 매 에피소드가 그 화 안에서 결말이 나기 때문에 보다 '마감 딴짓'에 어울린다(〈프리즌 브레이크〉나 〈로스트〉 같은 스타일은 예외. 〈셜록〉이나 〈하우스〉 쪽이 매우 훌륭한 아이템). 특히 이런 주제형 사이트는 재미있는 상식과 다양한 교양 습득을 위해서도 일거양득이기 때문에 나도 매우 애용한다. 나의 '최애' 사이트는 역사적 상식의 총본산인 '레알뻘짓' 블로그나 메데아님의 '이상한 옴니버스' 블로그, 물뚝심송님의 '이승로그' 등이다.

내가 모든 '마감 딴짓'을 옹호하는 것은 아니다. 지금도 수많은 마감 좀비들이 위험한 방법으로 딴짓을 시도하다가 죽고 죽이는 나선에서 내려가 버린다. 그러니 동료 작가들이여, 부디 자신만의 노하우를 개발해주길 바란다. 그리고 독자들이여, 마감 중의 작가가 트윗질, 페북질을 하고 있는 모습을 발견한다면 부디 양해를 부탁한다. 그리고 위의 기준에 부합하는 자신의 노하우를 추천해주길. 나는 오늘도 새로운 방법들을 수집하고 알아나가는 중이다.

수많은 독자들이 묻는다.

"제가 웹툰 작가가 될 재능을 갖고 있을까요?"

글쎄, 잘 모르겠다. 예전에 만화를 거의 20년 가까이 그린 선배가 술자리에서 말한 적이 있다.

"나는 만화에 재능이 없는 것 같아."

난 만화에 필요한 재능이 뭔지 잘 모른다. 아니 그 전에, 어떤 일을 하는 데 타고난 재능이라는 게 얼마나 중요한지도 모르겠다. 만화의 신이 있다면 알지도 모르겠지만. 자신이 만화가가 될 재능이 없다고 말하는 사람은 둘 중 하나일 것이다. 아직 만화를 제대로 그려보지 않은 사람이거나, 20년 경력의 만화가도 모르는 만화가의 재능을 자신이 알고 있다고 믿는 매우 교만한 사람이거나.

예전에 어떤 글에서 읽은 기억이 난다. 포커를 칠 때, 가장 먼저 하는 일이 뭘까. 포커페이스? 상대방의 수읽기? 아니다. 그보다 먼저 나한테 들어온 패가 뭔지 확인을 하는 것이다. 그 패에 원페어가 있다면 원페어로, 포카드가 있다면 포카드로 게임을 하면 된다. 그런데 만화가 지망생 중 아주 많은 사람들이 이렇게 생각한다. '내 손에 로열 스트레이트 플러시가 들려있지 않다면 나는 이 게임에 낄 수 없어.'

하지만 게임이란 건 그런 것이 아니라고 믿고 있다. 완벽한 상태로 데뷔하는 신인이란 존재하지 않으니까. 사실 이렇게 말하는 나 역시 데뷔작을 준비하던 당시 갖고 있던 패가 너무나 형편없어서 절망했었다.

2007년 초, 데뷔 준비를 하기로 마음먹었던 내 눈에 기존 작가들은 너무나 대단해 보였다. 아마추어 게시판이나 SNS에서 접한 웹툰들은 모두 어마어마한 반면 나의 작업물은 글도 그림도 연출력도, 모두 형편없었으니까. 위에서 언급한 문장을 떠올리며 내가 갖고 있는 카드 패를 온통 까뒤집어 봤지만, 어쩐지 만화 작업에는 도움이 되지 않을 것 같은 카드만 수두룩했다. 대학 시절 단련된 주량과 넉살. 도대체 이 두 가지를 어디에 써먹는단 말인가.

날을 잡고 웹툰 사이트와 서점을 돌기 시작했다. 어렴풋이 뭔가가 보이기 시작했다. 베스트셀러 부스에는 거의 대부분이 전문 소재를 다루고 있는 서적들이었다. 반면 웹툰 중에는 전문 소재 만화가 거의 보이지 않았다. 아마도 초창기 웹툰의 제작 공정에는 시간과 돈의 한계가 있었기 때문에 작가 혼자서 전문 소재를 취재하고 공부하면서 작품을 만드는 것이 쉽지 않았기 때문일 것이다.

결국 나는 나의 이 두 가지 카드를 양손에 들고 무작정 내가 택한 작품 소재의 전문가들을 만나러 다니기 시작했다. 그렇게 만든 작품 〈투자의 여왕〉으로 데뷔하게 되었다. 잘은 모르지만 당시 웹툰 작품만을 놓고 보자면 취재 기반의 전문 소재 만화는 이 작품이 유일했기 때문이 아닐까. 정말 지독하게 엉망진창인 작품이라고 생각하지만, 유일한 종류의 작품이라면 데뷔가 된다는 것을 배웠다.

데뷔작을 완결하기 전과 비교해서 몇 가지 새로운 카드가 내 패에 포함되었다. 바로, 전문 소재를 공부하고 파고들어서 취재하는 기술 레벨 1단계 카드. 다행히 데뷔작을 완결한 이후에도 아직 전문 소재 만화는 웹툰 중에서 희소한 편에 속했고 나는 이 방향으로 원고 작업을 해서 네이버 웹툰에 도전하기로 결정했다. 딱 1년만 도전하자. 그리고 안 되면 다른 사이트에서 더 연재를 하며 수련하거나 또 다른 사이트에 연재 제안을 넣으면 되겠지. 그리고 지옥 같은 1년이 시작되었다.

담당자에게 직접 원고를 보여주기 위해서 필요한 것은 최소한 두 가지다. 전체 이야기를 파악할 수 있는 시놉시스 그리고 완성된 1화 원고(매체마다 다르지만 요즘은 3화 이상을 요구하는 곳이 많다). 여기에 각종 설정이나 캐릭터 시트를 더하는 건 각자의 자유지만 적어도 위의 두 가지는 반드시 준비해야 한다.

작가마다 편차가 크지만 보통 이야기를 구상해서 1화 원고까지 준비하는 데는 아무리 부지런해도 3~4개월이 걸린다. 나는 거기에 취재의 개념을 더했기 때문에 준비할 것은 더 많았다. 하지만 데뷔작 연재가 끝나고 네이버에서 연재에 들어가기까지 만 1년의 시간 동안 나는 총 여섯 개의 작품을 거절당했다. 자살한 펀드매니저의 뒤를 둘러싼 암투, 음악에 구원받은 두 천재의 이야기, 일진들이 반드시 따라 할 거라는 우려 때문에 보류당한 세태 풍자 학원 액션물부터 살아남기 위해 강해져야만 했던 소년의 이야기까지. 정말 열심히, 그리고 부지런히 거절당했다. 나중에는 담당자도 미안했던지 "작가님 연출 스타일이나 그림에 대해서는 이해하겠으니 1화 원고는 콘티까지만 해서 보내주세요"라고 말할 정도였다.

돈은 늘 없었다. 하루 종일 미숫가루로 연명한 적도 있었고 물배를 채우는 날도 많았다. 일주일에 하루 정도는 돈을 빌리러 뛰어다니는 게 일상이었다. 다행스럽게도 지금 있는 작업실에 들어와 동료 작가, 형들과 생활하면서는 그들이 늘 돈을 빌려주었다.

당시 우리 작업실에는 〈지상 최악의 소년〉의 정필원 작가나 〈연옥님이 보고계서〉의 억수씨, 〈움비처럼〉의 권혁주 작가 등 많은 동료가 있었고, 같은 층엔 동갑내기 친구인 〈3단합체 김창남〉의 하일권 작가도 있었다. 그들에게서 밥도 참 많이 얻어먹었다. 작업한 원고는 그들에게 제일 먼저 보여주었고 동료들은 조언을 아끼지 않았다. 그런 노하우들을 아끼지 않아 준 것에 대해 지금도 늘 감사하다.

심지어 〈소녀 더 와일즈〉의 제나 작가님은 전화로 그림에 대해 질문한 나를 위해서 자기 그림파일이 담긴 시디를 들고 지방에서 올라와 주었다. 누나가 내 옆에 앉아서 레이어 하나하나를 켜고 끄면서 설명해줬을 땐 고마워서 몰래 살짝 울었다.

그렇게 1화를 고쳐 그리길 반복했다. 그럼에도 불구하고 계속해서 거절당하는 나를 옆에서 바라보는 동료들의 기분은 어땠을까. 민망하기까지 했다. 그렇게 나에게 허락한 1년이 거의

다 흘러갔다. 그리고 11월이 되었다. 이게 마지막이라고 생각하고 만든 원고를 〈Ho!〉로 유명한 억수 형에게 보여주었다.

"야. 이거 재미있다. 이 작품은 될 것 같아."

형의 말에 용기를 얻은 나는 바로 담당자에게 원고를 보냈다. 그리고 바로 담당자가 전화를 걸어왔다.

"작가님, 다음 주 수요일, 작업실에 들르겠습니다."

웹툰 작가들만큼 담당자도 정말 바쁜 존재다. 이런 상황에서 일부러 찾아온다는 건 연재를 하자는 뜻이다. 첫 대면도 아니고 보통 반복되는 거절은 전화나 문자, 메일 정도로 한다. 오, 신이시여. 드디어 되는 건가. 동료들도 하나같이 이야기했다.

"진짜 축하한다. 드디어 연재 시작이냐!"

축하주까지 그들의 돈으로 마시고 일주일을 기다렸다. 그러나 약속한 날 찾아온 담당자는 만나자마자 이야기했다.

"죄송합니다. (중략) …한 이유로 어렵겠습니다."

충격. 그럼 도대체 왜 여기까지 온 거란 말인가. 1년 내내 반복한 거절인데 왜 굳이 이번에는… 바로 그 이유를 알았다. 담당자는 바로 내 옆에 있던 S급 스타 작가 두세 명에게 물었다.

"차기작 연재 언제 들어가실 건가요…?"

그들에게 연재 제안을 하기 위해 들른 김에 나에게 거절을 전한 것이었다. 민망해하는 동료들과 담당자가 미팅을 하는 동안 조용히 벽에 기대어 1년 동안 채워나간 소재 수첩을 멍하게 내려다보고 있었다. 아니, 사실 아무것도 보고 있지 않았던 것 같다. 깜깜했다. 잠시 쉬어야겠다. 나와 약속한 기간까지는 한 달 조금 안 되는 시간이 남아있었지만 충분히 지쳤다. 이제 그만하자.

그런데 시간이 조금 흐르고 담당자가 돌아가려고 일어났을 때, 내 수첩 마지막 장에 쓰여 있던 한 줄이 눈에 들어왔다. 시놉시스도 없었고 원고는커녕 캐릭터 스케치도 없었다. 거기에는 단 한 줄만이 쓰여 있었다.

'심리학자가 등장하는 이야기.'

나도 모르게 작업실에서 나가려는 담당자 등에 대고 얘기했다.

"심리학자가 등장하는 이야기는 어떨까요?"

담당자가 돌아보더니 너무 아무렇지도 않게 이야기했다.

"작가님 전공이 심리학이었죠? 아직 전문 소재 만화가 없고 앞으로도 많이 없을 것 같네요. 언제부터 시작하실래요?"

이 모든 일이 단 10초 안에 일어났다. 지난 1년 내내 거절을 당하면서도, 내가 대학 시절 등록금을 내고 탑재한 전문 소양이 심리학이라는 사실을 한순간도 돌아보지 않았다. 내 계획대로 데뷔했다는 자만심 때문이었을까. 아, 자기 패를 보라고 말하던 주제에, 나 역시 내가 가진 패를 제대로 보지 않고 1년을 보냈구나. 내가 심리학을 전공했었지. 그렇게 〈닥터 프로스트〉의 연재가 결정되었다.

타고난 재능의 부족함을 후천적으로 보완할 수단이 다양할수록 좋은 사회라는 생각을 한다. 그리고 적어도, 웹툰은 절대 재능만으로 그리는 게 아니라고 생각한다. 재능은 도움이 된다. 다만 어떤 재능이 어떻게 도움이 될지 나는 알 수 없다. 주변을 둘러보면 그림에 대한 재능을 타고난 작가가 그 능력으로 만화가가 되는 경우를 볼 수 있다.

하지만 체력만 타고난 사람이 그 재능을 활용해서 남들보다 두 배 세 배 오래 앉아서 그리다가 데뷔하는 모습 역시 봤다. 심지어 유일한 재능이 부모님의 재산인 경우도 보았다. 그는 남들보다 더 오랜 기간 준비할 수 있었고, 결국 그 재능(이라고 할 수 있다면)으로 작가가 되었다.

만화가가 되는 데 특정한 재능이 필요한 게 아니라, 가지고 있는 재능을 써서 만화가가 되는 것이 아닐까. 간혹 세계 정상급의 아티스트나 운동선수를 예로 들면서 재능의 유효함을 이야기하는 사람들이 있다. 세계 정상의 삶을 살고 싶다면, 글쎄 그 말이 맞을 수도 있겠다. 하지만 적어도 나는 세계에서 최고가 되고 싶어서 만화를 그리지는 않는다. 그리고 어렴풋이, 다른 대부분의 사람들 역시 그럴 거라고 추측한다.

작업실의
역사

모든 만화가들이 작업실이라는 공간을 갖고 있는 건 아니다. 일상이 이루어지는 생활공간에서 일을 하는 경우도 많다. 하지만 역시 아무래도 마감이라는 전쟁에 집중해서 임하려면 최소한 완전히 고립될만한 방 한 칸은 도움이 된다. 나는 천성적으로 예민함과는 거리가 먼 편이다. 그 덕분에 섬세함도 덩달아 묶어서 갖다 버린 기분이긴 하지만, 아무튼 그렇게 까다로운 편이 아니다. 이런 나조차도 매주 반복되는 마감을 하기 위해서는 일종의 베이스캠프 같은 공간, 작업실이 필요하다. 부천으로 이사 오기 전까지 나는 다양한 작업실을 전전했다.

내 인생의 첫 번째 작업실은 모교 대학의 노천극장이었다.

뒤쪽엔 작은 숲이 있어 구상을 할 때 산책도 할 수 있고 큰 무대 위에 설치된 철골 구조의 차양은 여름 더위도 어느 정도 막아주던 곳이라고 설명하면 참 아름답겠지만, 사실 작업실이 없다는 표현의 우회적인 번역이다. 그래도 나 혼자서 첫 번째 작업실이라고 칭하고 싶을 정도로 많은 시간을 보낸 곳이다. 공강 시간이나 점심시간, 동아리 방에 사람이 많을 땐 늘 노천극장 무대 한구석에서 악기도 연습하고 스토리도 구상하곤 했다. 그러다 보면 뒷산의 청설모나 꿩(!!!), 다람쥐 등이 주변에 얼씬거려 속으로 혼자 나우시카가 된 기분을 느끼곤 했던 나와는 달리, 한 후배는 훗날 '노숙인처럼 보여서 놀랐다'는 말을 전하기도 했다.

제대로 된 모습의 작업실은 두 번째부터였다. 무작정 수강했던 만화 스토리 작법 강좌에서 처음으로 만화계 사람들을 만나게 되었다. 그곳에서 많은 사람이 공동 작업실을 꾸리고 항상 멤버를 구한다는 사실을 알게 되었다. 2009년의 여름, 합정역 뒷골목의 반지하 공동 작업실로 입주하던 날의 기억이 아직도 선명하다. 이곳에서 처음으로 본격적 궁핍함을 체험했고 '진짜' 마감도 겪기 시작했다. 3일에 한 번 정도는 미숫가루로 식사를 하고 아침에 일어나면 커피포트로 끓인 물을 찬물에 섞어 샤워를 하곤 했지만, 모든 것을 시작하던 당시의 나에겐 든든한 참

호와도 같은 곳이었다. 분위기도 참호와 같았다는 게 조금 문제였지만 말이다. 비가 몹시 내리던 어느 날, 차오르던 물속에 다리가 잠긴 채로 마감했던 일이 기억에 남는다.

세 번째 작업실은 무려 역삼역 근처였다. 대학 때부터 알고 지내던 형이 새로 차린 회사 사무실 구석의 책상 하나를 빌려 출퇴근했다. 역삼역은 화려했다. 골목마다 신기하게 생긴 외제 차가 서 있었고 밥값도 정말 비쌌다. 하지만 이내 곧 모든 직원들과 친해져 회사 직원분들이 다 같이 점심 먹으러 갈 때 은근슬쩍 껴서 함께 먹었다. 회사 대표였던 형에게는 지금도 정말 고맙다. 모두가 퇴근하고 불 꺼진 사무실에서 작업을 하다 보면 어느새 날이 밝아 빌딩 청소를 하는 아주머니가 들어오시곤 했다. 처음엔 나를 보고 소스라치게 놀라던 아주머니들은(도대체 왜?) 이내 곧 친밀해져서 아침마다 요구르트를 나눠 주시곤 했다. 이곳에서 데뷔작을 그렸다.

가장 오랜 시간을 보낸 부천의 작업실은 나의 네 번째 작업실이다. 그동안 갈 곳 없이 박스 안에 숨어 있던 만화책 컬렉션도 드디어 상자를 탈출해 내 뒤에 가지런히 꽂혀 있고, 로망처럼 여기던 개인 악기들도 책상 옆에 놓여 있다. 파티션 너머로 동료 웹툰 작가 네 명의 작업 소리가 간간이 들린다. 여전히 비좁지만 적어도 무릎까지 차오른 물속에서 마감을 하는 일은 없어졌으니 감사한 일이다. 커피숍에서 콘티를 짜고 있던 오후, 지나가던 (주)호민이 형이 인사를 하고 동석한다. 공모전 심사가 있어서 들렀단다. 호민이 형과 잠시 수다를 떨다가 다시 작업을 한다. 저 멀리에 운동하러 가시는 장태산 선생님이 보인다. 뒤 테이블에서는 '미남' 최규석 작가가 얼굴을 찡그리며 어려워 보이는 책을 읽고 있다. 잠시 후 신태훈 작가가 앞자리에 앉아 담배를 한 대 태우고 돌아간다. 그사이에 정필원 작가와 석우 작가가 저녁은 언제 먹을 거냐는 문자를 보내왔다. 한 시간 동안 대략 열두 명의 만화가를 봤다. 어쩐지 만화 도시에 사는 기분이다.

지금까지의 작업실 역사를 돌아보며 떠올린 다양한 기억들 뒤에는, 늘 동시에 BGM처럼 흐르던 일종의 고독함이 있다. 만화는 원래 고독한 작업이니까. 어쩔 수 없다. 혼자서 모든 것을 해야 한다. 프리랜서 창작자들은 모두 비슷하겠지. 그래서 늘 '모여 사는 만화가들'의 모습을 그려보곤 했던 나에게 지금의 작업실은 뭐랄까, 대단한 행운이 아닐 수 없다. 오늘 밤에는 마감이 끝난 작가들과 맥주나 마셔야지.

4부

타인의
의미

자식 걱정이 많은 한 어머니를 만났다.

"제 딸은 올해 아홉 살인데 너무 자신감이 넘치고 잘난 척까지 심해서 걱정이에요."

이 어머니가 세상에 대해 알려주기 위해서 자신의 딸을 미리 좌절시킬 필요는 없다. 왜냐하면, 어차피 이 세상이 대신 그녀의 딸을 좌절시켜줄 예정이니까. 언젠가, 반드시, 어떤 방식으로건.

부모가 할 일이라면, 그때 완전히 쓰러지지 않고 돌아올 자리를 만들어 놓는 것이다. 그 순간 부모의 곁에서 필요한 지지와 응원을 받지 못하면, 그걸 얻기 위해 끊임없이 이곳저곳에서 지지와 응원을 갈구하며 자라나게 된다. 그건 밥 대신 먹는 군것질처럼 당장의 허기는 달래줄 수 있을지도 모른다. 하지만 결국 근본적인 허기를 채우기엔 부족하다.

　처음 누군가와 물리적인 폭력을 사용하여 싸웠던 것은 내 기억이 맞다면 여덟 살 때였다. '초등학교(당시엔 국민학교) 1학년 짜리 소년의 싸움이라고 해봤자…'라고 하기엔 제대로 된 싸움이었다. 나는 태생적으로 키가 컸고 목소리도 컸다. 여덟 살의 사회는 아직 문명사회가 아니기 때문에 덩치라는 것은 상당한 자본이었다. 나는 자연스럽게 골목대장이 되었고 아무런 의식 없이 동년배 친구들 위에 군림했던 기억이 난다.

　내가 그날을 아직도 비교적 상세하게 기억하는 이유는 그날이 내 생애 최초의 물리적 고통을 겪었던 날이었고 그건 아주 강렬한 기억이었기 때문이다.

아마도 여름이었던 것 같다. 비산국민학교 1학년 14반. 아무런 싸움의 경험 없이 덩치와 목소리만으로 짱으로 추대된 여덟 살 남자 아이. 큰 목소리를 내며 제멋대로 살았던 작은 폭군은 그날도 자신만의 정의를 휘두르며 평화로운 하루를 보내고 있었다. 그러다가 싸움이 났다. 당연히 정확한 이유 따윈 기억나지 않는다. 상대가 키가 작은 아이였던 것만 기억난다. 학교 앞 상가에서 그 녀석과 마주서서 내 등 뒤의 두 친구를 의식하며 으르렁거렸던 기억까지 남아있다.

그러나 그 녀석은 조용했다. 같이 욕을 하지도 않았고 으르렁대지도 않았다. 그냥, 가만히 서 있다가 갑작스럽게 내 멱살을 쥐었고 멱살과 함께 목도 졸랐다. 한 번도 제대로 누군가와 싸워본 적이 없었던 나는 숨조차 쉴 수 없는 그 상황에 당황했다. 그리고 그 녀석은 아주 침착하게 주먹으로 내 얼굴을 때렸다.

단 한 방의 주먹. 그러나 그 주먹은 정확히 내 코와 인중 사이를 가격했고 나는 생전 처음으로 맛보게 된 엄청난 고통 때문에 아무것도 보이지 않았다. 코피가 났고 눈물도 났다. 주저앉아 헉헉거리면서 망연하게 땅을 내려다보고 있었고 그 녀석은 그냥 뒤돌아 갔다. 내 뒤에 있던 두 친구가 당황하며 집으로 돌아갔었는지, 내가 울면서 집으로 걸어갔었는지 그 후는 잘 기억나지 않는다.

내가 그날을 '제대로 된 싸움'이라고 표현한 것은 사실 절반은 맞고 절반은 틀리다. 싸움이라기보다는 내가 일방적으로 맞은 것에 불과하다. 하지만 어설픈 폭력이 아니라 정확한 가격에 의한 펀치였기 때문에, 아이들의 개싸움이 아닌 제대로 된 싸움이라고 표현한 것이다. 나는 8년의 인생 동안 한 번도 겪어보지 못했던 폭력의 고통을 그날 비산국민학교 앞 상가 1층에서 성대하게 겪었다.

훗날 중학생 때였나 고등학생 때였나, 학원 액션 만화를 그리고 싶어서 싸움을 잘하는 어떤 아이를 취재한 적이 있다.

"흔히 개싸움이라고 하잖아. 싸움도 못하는 애들이 엉겨 붙는 거. 그런 싸움의 가장 흔한 특징이 뭔지 알아? 바로 주먹을 상대방의 '뺨'에 휘두르는 거야. 그래서 얼굴이 좌우로 돌아가잖아. 하지만 조금만 생각해보면 알 수 있지. 주먹을 코나 입을 향해 정면으로 날려야 더 아플 거 아냐?"

"새, 생각해보니 그렇네."

"싸움을 못하는 애들이 주먹을 정면으로 꽂지 못하는 이유는 재미있게도, 그게 훨씬 더 아플 거라는 걸 너무 잘 알기 때문이야. 상상이 되는 거지. 자신도 그렇게 맞으면 엄청 아플 테니까. 그 상상에 무뎌져야 하는 거야."

효과적으로 고통을 주려면, 타인의 고통에 대한 상상력을 무디게 만들어야 한다. 어쩌면 매우 당연할 수도 있는 이야기지만 그 녀석으로부터 처음 이 이야기를 들었을 때는 많이 놀랐던 기억이 난다.

타인의 고통에 대한 생생한 상상력. 나는 이것이 사실상 모든 문제의 가장 근본적이고 이상적인 해결책이라고 믿는다. 이상적이기 때문에 언제나 저것에 기대는 것은 바보 같은 일이고 허황된 바람이지만 동시에 저것이 갈등 해결의 가장 근본적인 첫 단계라는 것을 알고 있는 것은 그만큼 중요하다.

그때 내가 운 좋게 그 녀석을 두들겨 팼다면, 그날 최초의 폭력 행위를 성공적으로 학습했을지도 모른다. 누군가를 폭력적으로 억압하고 그 위에 군림하는 경험을 통해 다른 종류의 학습과 강화를 먼저 겪었을지도 모른다.

그러나 나는 맞았고, 아주 많이 아팠다. 너무나 운이 좋게도 여덟 살 때 오염되지 않은 순수한 고통의 경험을 고스란히 맛보게 된 것이다. 그 덕에 그날 이후로 일부러 타인의 고통에 무뎌지는 것은 내게 매우 어려운 일이 되었다.

우리 대부분은 자기 방식으로 각자 첫 고통을 경험한다. 따라서 대부분의 사람들은 타인에게 고통을 주는 것에 주저하게 되는 시기도 함께 경험한다. 그러나 저마다 다른 방식으로 그 상상력을 닫아두거나 혹은 의도치 않게 그 상상력을 잃어버린다. 나는 이것이 모든 비극의 시작이라고 생각한다.

인간 이해
스타터 키트

　말로 하기는 너무 쉬운데 직접 수행하는 건 미친 듯이 어려운 일들이 있다. 이를테면 "작가라면 인간에 대해서 이해를 해야지" 같은 말들이 그렇다. 이건 마치 "미리미리 공부해야지"처럼 수사적으로만 존재하는 표현이 아닌가 싶을 정도로 말과 실행 사이의 거리가 아득하다.

　도대체 뭘 어떻게 이해하라는 것일까. 인간을 관찰하고 인간에 대해 이해해야 한다는 말. 너무 옳아서 반박할 수 없지만 정작 작가 지망생으로서 (혹은 직업 작가로서도) 저 말을 들으면 가슴이 답답하다. 뭘 관찰해야 하지, 뭘 이해해야 하지. 인간을 이해해보려고 막 뚫어지게 쳐다본다고 인간에 대한 이해가 딱히 깊어지는 것 같지도 않고. 신인 작가 시절 나는 일상 저 말에 질식할 지경이었다.

사람들은 누구나 평생을 살아온 경험과 내공으로 자기만의 인간관을 만든다. 평생을 군인으로 살아온 어떤 노장군은 이등병을 딱 보는 순간 명확한 몇 가지 기준으로 그 초년병을 평가, 판단할 수 있다. 오랜 세월 경영인으로 살아온 어떤 사람 역시 누군가를 만나는 순간 자신만의 '관'으로 그 사람을 이해하고 분류할 수 있다. 그 이해가 얼마나 넓고 깊은지는 내가 판단할 일이 아니지만, 아마도 그 장군과 경영인은 자신에게 가장 유용한 방식으로 발달시킨 자신의 방법을 갖고 있을 것이다.

그렇다면 작가는 어떨까. 어떤 방식으로 인간을 이해하는 것이 작가로서 밥 벌어먹고 사는 것에(그러니까… 세계를 창조하고 이야기를 만들어서 누군가의 삶을 구성하는 것에) 도움이 될까. 그 방식은 너무 많고 따라서 어렵다. 그래서 대부분의 지망생들은 좌절감을 느끼고, 익숙한 인간상 몇 가지를 주섬주섬 연장통에서 꺼낸다. 현명한 멘토 캐릭터, 과거의 상처가 있는 주인공, 공감 능력이 없는 악당 등등.

이럴 때 필요한 것이 초보자를 위한 가이드, '스타터 키트'라고 생각한다. 인간을 관찰하고 이해하기 위한 초보 작가의 스타터 키트로 내가 제안하는 것은 바로 '욕망과 두려움' 세트다. 이 사람은 무엇을 욕망하고 어떤 걸 두려워할까. 주로 욕망에

의해 움직이는 사람일까, 아니면 두려움에 의해 휘둘리는 사람일까. 아니면 둘 다일까. 이 두 가지를 집중적으로 관찰해보고 추측해보고 그것들에 대해 가설을 세워보는 것. 그리고 기회가 된다면 다가가서 알아보는 것. 이것이 내 20대 후반부터의 일상이었다.

한 인간에 대해서 모든 것을 이해하기에 욕망과 두려움이라는 두 가지 항목은 많이 부족하다. 그래도 당장 시도해보기에는 적절한 출발점이라고 믿는다. 단지 두 개뿐이지만 그럼에도 불구하고 많은 행동을 설명하고 예측할 수 있게 해주는 것들이기 때문이다. 그리고 아주 많은 부분에 대해서 이해할 수 있게 해주는 지점이기도 하다.

물론 누군가의 욕망과 두려움을 관찰하는 것은 쉽지 않다. 대부분의 사람들은 그것들을 쉽게 보여주지 않는다. 욕망은 적당히 감추고 두려움은 철저히 감춘다. 그걸 들키면 너무나도 쉽게 조종당할 수 있기 때문이다. 우리는 모두 이를 본능적으로 알고 있다(사실 이 부분이 내가 직업 작가로서 저 두 가지를 이해하려고 노력하는 이유이기도 하다. 캐릭터가 움직이는 원리와 누군가를 조종하는 원리는 사실 똑같은 개념이라고 이해하고 있다).

그러다가 가끔, 예상치 못하게 어떤 사람의 욕망이나 두려움을 엿보게 되는 순간들이 있다. 몹시 큰 스트레스를 받는 순간이나 혹은 어떠한 극한상황에 처했을 때, 바로 그 순간 저 두 가지 지점이 틈을 비집고 드러난다. 갑자기 사무실이 무너지면 너무나 친절했던 동료는 내 머리채를 잡고 나를 밟으면서 도망갈 수도 있지만, 늘 악마 같던 상사가 나를 온 몸으로 덮어 지키려고 할 수도 있다. 압력은 캐릭터를 명료하게 만든다. 감춰져 있던 면이 드러나도록 압착해준다. 고온 고압일수록, 반응은 뚜렷해진다.

그리고 최근 수년간의 한국이 많은 이들에게 이런 환경이었다고 느낀다. 고온 고압의 작열 지옥. SNS 상에서 늘 안부를 나누던 사람들에게서 어느 날 놀라운 이면을 발견하는 순간들이 있다. 정답게 댓글을 남기면 '좋아요'로 회답하던 그 혹은 그녀가 올린 어떤 글에서 어느 순간, 오싹한 모습을 발견하는 나날들. 깜짝 놀랄 정도로 나와 다른, 심지어 내가 증오하고 싫어하고 더 나아가 혐오스럽기까지 한 어떤 생각, 사상, 언행을 그 사람으로부터 발견하는 나날들. 자연스럽게 페친을 끊고 트윗 계정을 블록하는 일이 늘어난다.

욕망과 두려움. 이 두 가지 렌즈를 양손에 들고 사람들을 만나고 그들에 대해 생각하고 관심을 갖다 보면, 자연스럽게 나와 전혀 다른, 이해할 수 없던 사람들을 만났을 때 일단 밀어내거나 화를 내기 전에 조금 뭉그적거리게 된다. 내가 성인군

자라서가 아니다. 이는 마치 실업팀 운동선수가 식단을 지키듯, 이런 태도가 직업적으로 내게 아주 많이 유용하기 때문이다. 이런 방식으로 '초속 몇 나노미터' 수준으로라도 인간에 대한 이해를 넓혀나가다 보면 캐릭터를 만들고 연기를 시키는 것에 분명한 도움을 받는다. 그리고 이런 나날을 지속하다 보면 실제로 혐오감과 분노와 증오가 일어나기 약간 전에 먼저 '궁금함'이 선수를 치게 된다. 감정적 반응보다 체화된 호기심이 조금 먼저 반응한다. 물론 살다 보니 바빠서 언제나 이 호기심을 채우기 위한 소통과 노력을 하는 건 아니지만.

많은 이들이 상처를 받고 있다. 피로함 속에서 분노하고 있다. 그리고 매우 지쳐있을 땐 도망가는 것이 아주 현명한 선택이기도 하다. 누군가를 이해하는 시도를 관두고 소통을 포기하고 회피하고 게을러지는 것은 자신을 지키기 위한 멋진 지혜다 (쓰고 보니 마치 비아냥 같지만 절대 진심이다).

나와 다른 사람, 너무나 싫은 사람과의 일상적 접점은 작가라는 직업을 가진 사람에게는 마당의 우물 같은 필수요소지만, 안방에 우물을 파는 사람은 없다. 나 역시 내가 좋아하고 코드 맞는 사람들과만 지내고 싶은 순간은 소중하게 지킨다. 그리고 많은 이들에게 SNS는 그런 공간이니까 굳이 '더 이해해보세요,

바로 블록하고 페친 삭제하지 말고 좀 더 대화해보세요' 같은
웃긴 소리를 하려는 것은 아니다. 단지 이런 나날 속에서 미세
먼지같이 떠도는 누군가를 향한 혐오 때문에 괴로워하는 친구
들을 생각하며 생각을 정리해본 것일 뿐이다.

　오늘 아침, 친숙한 어느 페친의 포스팅에서 깜짝 놀랄만한
이면을 발견했고, 그것이 상당히 나를 괴롭게 했는데도 '도대체
왜 나는 친구 삭제를 하지 않고 있는 거지?'에 대해 궁금해져서
시작한 생각이 여기까지 와버렸군.

근미래의 우주를 배경으로 하는 유키무라 마코토 작가의 만화 〈플라네테스〉를 좋아한다. 지구인들이 우주를 개발하며 만들어낸 우주 쓰레기(데브리)가 한계를 넘어설 정도로 많아지면서, 데브리를 청소하는 것이 주 임무인 부서 '데브리 과'가 조직된다. 주인공들은 그 부서의 직원들이다. 애니메이션도, 원작 만화도 굉장히 재미있다. 북유럽의 중세를 배경으로 펼쳐지는 역사극 〈빈란드 사가〉라는 작품도 유명하지만 개인적으로는 〈플라네테스〉를 더 좋아한다.

이 작품에는 단샤크라는 인물이 등장한다. 짧은 에피소드라서 기억하지 못하는 사람도 있겠지만 개인적으로 좋아하는 에피소드다. 단샤크는 스스로를 '레티클별'에서 온 외계인이라고 주장하는 인물이다. 이 작품은 근미래인 만큼 아직 외계인의 존재가 밝혀진 바가 없다. 주인공은 모두 지구인이다(달에서 태어난 세대, 루나리안이 한 사람 나오긴 하지만). 따라서 단샤크는 모든 사람들에게서 놀림을 받는다. 많은 이들은 허풍쟁이, 허언증 환자 취급을 하며 단샤크를 농담거리로 삼는다. 오직 한 사람, 주인공 '타나베 아이'만이 진지하고 솔직하게 단샤크와 대화를 나눈다. 아마도 애니메이션 판에서만 나오는 이야기였던 것 같은데, 단샤크는 은하연방에 소속된 레티클성인이고, 지구는 아직 은하연방에 소속되어있지 않다고 말하자 주인공 아이가 묻는다.

"은하연방에 가입하는 자격은 뭐야?"

단샤크는 답한다.

"그 자격이 뭔지 스스로 알아내는 것이 자격이야."

그 이후 몇 년 동안 문득문득 생각하곤 했다. 과연 우리가 은하연방에 가입하려면 어떤 자격을 만족시켜야 하는 걸까(이런 생각을 문득문득 할 수 있다는 것만으로도 나는 잘 지내고 있는 거라는 생각이 든다). 그러다가 몇 년 만에 나름의 가설에 도달했다. 그 자격은 '다른 종족과 함께하는 능력'이 아닐까 싶다. 이를테면, 개나 고양이 같은 종족 말이다. 단순하게 생각해봐도, 은하연방에는 수많은 종족들이 존재할 것이 분명하다. 인간 종족이 아닌 존재와 조우하게 되었을 때 우리가 그들을 어떻게 대할지 상상해보자. 인간과 유사한 외형을 지닌 외계인이라면 모르겠지만 만약 그 종족이 개나 고양이, 혹은 물컵이나 마대 걸레 같은 외형을 지니고 있다고 상상해보자.

나는 너무나 당연하게도 지구인이 이들을 존중하는 모습을 상상하는 데 실패했다. 우리가 개나 고양이, 소위 동물이라고 부르는 이 종족과 어떻게 함께 지내고 있는지를 잘 관찰하면 어렵지 않게 도달하게 되는 결론이다.

지구인은 은하연방에 가입하려면 아직 먼 것인가. 그런 생각을 하며 지내던 와중에 나는 결혼을 하게 되었고 새로운 가족 유닛을 세팅하는 과정 속에서 아내의 요청으로 삶의 새로운 국면에 접어들게 되었다. 바로 은하연방 가입을 위한 준비 단계. 다른 종족과의 동거를 시작하게 된 것이다.

평소에 길에서만 마주치던 '개'라는 종족 중의 한 마리. 달리와 함께, 과연 나는 은하연방의 가입 기준을 충족하는 인간으로 거듭날 수 있을 것인가.

반대하는
사람들과의
동행

만화가를 꿈꾸는 독자들에게서 가끔 이런 메일을 받는다.

"웹툰 작가가 되고 싶은데 엄마가 못 하게 해요."

예전에 비해서 만화가에 대한 인식이 많이 변했다고 하지만 그래도 역시는 역시다. 살아간다는 것은 나에게 반대하는 누군가를 끝없이 만나는 과정이다. 그 누군가가 부모에서 선배, 친구나 선생님, 직장 상사로 변해갈 뿐 그 사실 자체는 변하지 않는다는 단념을 해간다. 그래서 나는 비교적 어린 시절부터 설득이라는 도구와 친숙했다. 그 연습 상대는 부모님이었다. 다행스럽게도 부모님은 대화가 통하는 분들이셨고 말하기 전에 듣는 분들이셨다. 운이 좋았다. 그래서 저런 독자 메일에 한 번두 번 내 생각을 담아 회신을 하기 시작했고 어느 순간 나만의 설득 방법이 정리되기 시작했다.

먼저 이 말부터 꼭 해두고 싶다. 부모는 원래 반대하는 것이 본질인 존재들이다. 무언가를 지켜야 하는 이들은 보수적이니까. 그리고 그들이 지키고 싶어 하는 존재는 바로 그들의 자녀들이다. 그래서 나는 반대하는 부모들의 사랑을 이해한다. 이 지점을 이해하지 못하면 설득은 되지 않는다.

나는 만화가가 되려는 입장을 여덟 살 때부터 고수했다. 여덟 살 아이의 입장이란 일반적으로 부모님의 응원을 받는다. 대통령이나 과학자가 꿈일 나이니까. 하지만 이 입장을 꾸준히 고수하면서 나이를 어느 이상 먹게 되면 부모님은 자연스럽게 반대할 타이밍을 놓치게 된다. 다행스럽게도 나는 딱 두 번, 아버지의 조심스러운 반대를 접했다. 나는 당시의 기억을 '과천대첩'과 '안양대첩'이라고 부른다.

중학생이 막 되었던 무렵의 과천대첩은 아버지의 대승이었다. 나는 준비가 되어있지 않았고 처음으로 접한 부모의 우려 섞인 반대에 당황해서 아무런 의견도 말하지 못했다. 그 뒤로 평화로운 휴전선 위에서 몇 년을 살았다. 다행히 부모님은 지뢰 같은 것을 매설해두지 않는 쿨한 승자였고 몇 년 동안 전운은 감돌지 않았다. 그리고 나는 고2가 되었다. 생애 처음으로 공모전에 나가고 싶어졌다. 문제는 눈여겨본 공모전이 고등학교 2학년 2학기 기말고사 직전에 모집을 받기 시작했다는 것이다. 공모전에 나가려면 기말고사를 포기하고 고2 겨울방학을 통째로 원고 작업에 쏟아야 하는 상황이었다. 나는 조용히, 훗날 나에게 안양대첩으로 불릴 기나긴 대화를 준비하기 시작했다. 일부러 고른 시기인 건 아니지만 적당하게도 1999년 말이었다.

내가 생각하기에 누군가를 설득하는 일은 교묘한 말솜씨나 진심이 담긴 웅변만으로는 어려운 일이다. 물론 그것도 도움이 되겠지만 보다 핵심적인 부분은 상대방의 논리에 내 결론을 덧입히는 것이 아닐까 싶다. 돈을 못 벌까 봐 반대하는 사람에게 꿈의 논리를 들이대면 설득이 되지 않는다. 건강을 해칠까 봐 반대하는 사람에게 돈을 잘 벌거라고 속삭여봤자 평행선이 길어진다.

상대의 논리를 가져오려면 먼저 그 사람의 말을 잘 들어봐야 한다. 탐색이라 불러도 좋고 대화를 위한 경청이라 불러도 좋지만 설득에는 이 과정이 매우 중요하다는 확신이 있다. 운이 없다면 반대하고 있는 상대방 본인마저도 자신이 반대하고 있는 이유를 명확히 모를 수도 있다. 하지만 집요하게 알아보려고 이리저리 엿보다 보면 결국엔 어느 정도 힌트를 얻게 된다.

그리고 나면 이제 본격적으로 설득을 준비할 때가 된다.

부모님들이 무언가를 반대할 때면 "난 네가 그걸 하지 않았으면 좋겠어"라는 말 직전에 반드시 생략하는 말이 있다. 바로 "내가 너보다 잘 아는데"라는 말이다(가끔은 생략되지 않기도 한다). "내가 너보다 잘 아는데, 그걸 하지 않았으면 좋겠다"라는 말에 대항하려면 한 가지 방법뿐이다. "어머니 아버지, 제가 더 잘 아는데요"로 시작할 준비를 하는 것. 바로 '조사'다(물론 저 대사를 군이 입 밖에 낼 필요는 없다).

너무 식상해 보이는 생각이지만 여기에는 함정이 있다. 부모들은 기본적으로 최악의 상황을 전제하지만 우리는 최고의 상황을 상상한다는 것이다. 아이돌을 꿈꾸는 아이의 부모는 결국 연습생으로 나이 들다가 빛도 보지 못하고 실패하는 상황을 상상하지만 그 아이 본인은 대스타가 되어 무대에 서 있는 자신을 상상한다. 만화가의 삶 또한 마찬가지다.

그러다 보니 이런 '조사 작업'을 할 때 보통 최고의 상황과 성공한 케이스, 그들이 거쳐 간 경로와 과정을 조사하게 된다. 그러나 이것은 좋지 않다. 설득을 위한 조사는 반드시 '망한 케이스'에 대한 집요한 리서치로 시작되어야 한다. 그리고 그 결과로 설득을 시작하는 것.

1999년 어느 날이었다.

"어머니 아버지 드릴 말씀이 있습니다."

고등학생 아들이 엄마 아빠가 아니라 어머니 아버지라고 부르는 순간에는 부모님도 긴장한다. 돈이 필요하거나 성적표가 나왔단 말이니까. 그러나 둘 다 아니었다. 나는 내가 조사한 것으로 일종의 프레젠테이션을 시작했다. 만화가가 되려다 실패한 사례, 유명하지 않은 만화가의 일상, 마감의 고통, 평균적인 수입, 사람들의 멸시. 부정적인 면들은 차고 넘쳤다. 처음에는 의아한 표정을 짓던 부모님도 이런 이야기를 5분 정도만 하면 당혹감을 감추기 어려워진다.

왜냐하면 자신들이 하려는 이야기를 전부 내가 지금까지 했기 때문이다. 그리고 나서 이제, 좋은 면들에 대해서 이야기하기 시작했다. 그러면 대화는 만화가를 할 것이냐 말 것이냐를 자동적으로 건너 뛰어, 어떻게 만화가가 되어야 후자의 예로 갈 수 있을까에 대한 방법 논의로 변한다. 승패가 불투명할 땐 전장을 바꾼다. 오래된 전술이다. 그러나 사실 이런 방법의 가장 중요하고 재미있는 점은 다른 데에 있다.

부모님을 설득하기 위해서 내가 가지려는 꿈의 어두운 면을 조사하기 시작하면 얼마 지나지 않아 흥미로운 일들이 벌어진다. 미친 듯이 노력했지만 결국 잘되지 않은 어떤 사람의 이야기, 성공 가도를 달리던 누군가의 믿을 수 없는 몰락의 기록 등 등을 보다 보면 어느 새 의문이 들기 시작한다.

'이 정도로 했는데도 안될 수가 있는 건가?'

'내가 하려고 하던 일이 정말 이게 맞나?'

지금까지 만화가가 되겠다고 말할 때마다 누군가가 했던 말들이 다시 들려오기 시작한다. 하지만 이제는 바깥이 아니라 안에서부터 들려온다. 이 경험은 누군가를 설득하기 전에 꼭 겪기를 권한다. 많은 경우 이 단계에서 그동안 꿈꿔왔던 것을 눈앞에 놓아두고 찬찬히 뜯어보기 시작한다. 그러면 보이지 않던 것들이 보이게 된다. 이제 새로운 꿈을 찾던가, 잠시 보류의 시기로 들어서거나, 혹은 자신의 재능에 관한 고민으로 옮겨간다. 만약 이 단계를 넘어선다면 사실 부모님을 설득하는 건 별 것 아닌 일이다. 자신을 설득한 사람을 이기는 건 불가능에 가깝다.

아내의 사랑은 디테일이 좋다. 결혼한 이후로 매년 연말이 되면 "오빠 안경 새로 사자"라고 제안한다. 한번 안경을 맞추면 몇 년씩 써오던 탓에 왜 그러나 싶었는데 생각해보니 내가 과거 언젠가 지나가듯 이야기했던 게 기억난다.

"나도 아침에 일어나면 다양한 안경 중에서 하나를 골라 쓰고 출근하는 삶을 살고 싶어."

아내는 그 말을 잘 기억해두었던 것이다. 그 덕에 벌써 결혼 3년 차에 안경이 세 개가 되었다. 문제는 안경을 맞출 때마다 시력검사를 다시 한 후에 맞춘다는 점이다. 그래서 저 세 개의 안경은 미세하게 시야가 다르다. 시차를 두고 맞춘 안경들을 줄 지워놓고 아침에 골라서 써보지만, 아무래도 그 당시의 편안하고 자연스러운 시야는 나와주지 않는다. 분명 그 당시에 그 렌즈의 시야로 세상을 봤었는데.

  그래서 나는 "내가 해봐서 아는데"라는 말이 헛소리라고 생각한다. 과거에 그 안경을 써보았다고 해서 지금도 그 시야를 가질 수 있는 건 아니니까. 그건 그 자체로 부단한 노력이 필요한 이해의 과정이다. 그리고 보통 저 대사를 쉽게 내뱉는 사람은 그렇게 부단하게 노력해서 상대의 입장을 숙고하지 않는다. 내가 해봐서 안다.

나 지금
어떻게 말하고
있어?

이른 시간에 외진 곳에 있는 카페에 가면 종종 재미있는 경험을 할 수 있다. 평소에는 주로 동네 주부들의 대화 같은 것을 듣게 된다. 물론 일부러 들으려고 하는 건 아니다. 하지만 화이트 노이즈를 즐기며 작업을 하다가도 가끔 내 귀에 적극적으로 집어넣어 주는 듯한 소리들을 접할 때가 있다. 주로 내가 접해 보지 않은 일상에 대한 집요하고도 디테일한 대화들이 그렇다.

경험의 폭을 열심히 넓히려고 노력하는 편이지만 요즘 어린 학생들이 줄넘기 학원에 다닌다는 사실이나 어린 자녀들의 최근 스마트폰 활용 동향 같은 것들(역시 웹툰이 대세. 그녀들의 우려와는 별개로 나는 천만다행)은 아무래도 알 수가 없으니까, 즐거운 일이다. 거듭 강조하자면 억지로 엿듣는 건 아니다.

쇼핑몰 피팅모델의 촬영 현장도 오전의 외진 카페에서 처음으로 목격하게 된 장면이다. 물론 이 경우에도 뚫어지게 쳐다보는 실례는 범하지 않으려고 노력한다(눈이 아니라 옆통수로 보는 듯한 느낌으로…). 그림 공부를 할 때 주로 보게 되던 '진짜 8등신'의 인간이 살아서 움직이는 장면은 의외로 놀라웠다. 특히 피사체로서는 정말 어디 초점을 둘 데가 없는 구제불능인 나로서는 셔터 소리의 리듬에 맞춰 포즈를 바꾸는 모델의 움직임이 마치 피나 바우슈(현대 무용에 한 획을 그은 독일의 무용가. 몸을 이용한 표현의 극한을 보여주는 동시에 아름다움의 극한을 추구한 안무가이기도 하다)의 무용 같기도 해서 매료된 적이 있다.

그중에서도 최근에 한 가장 재미있던 경험은 젊은 배우들이 모여서 무언가를 연기하는 현장의 한 가운데서 작업하던 일이었다. 연극배우인지 신인 영화배우들인지 몰랐지만 나중에 카페 주인이 이야기해줘서 인근 대학교의 뮤지컬학과 학생들이라는 것을 알게 되었다. 과제로 찍는 영상물인지 소박한 장비들로 촬영을 하고 있었는데 장비는 소소해도 분위기는 엄청나게 진지했다. 가끔 길에서 지나가다 영화 촬영 장면을 본 적은 많았지만 이렇게 가까운 자리에서 연기를 보는 건 처음이었기 때문에 정말 흥미로웠다. 텅 빈 카페를 기대하고 들어왔을 그들에게는 미안하지만 나 역시 비어있는 카페를 기대하며 작업을 하고 있었으니 어쩔 수 없겠지. 그래도 이번에는 카페 주인이 그들과 일면식이 있는지 대놓고 재미있게 바라보며 나에게 말을 걸어와서 덩달아 나도 함께 구경할 수 있었다. 옆통수가 아니라 눈으로 보고 싶었던 풍경인데 행운이었다.

연출을 맡은 것으로 보이는 사람이 지금 찍고 있는 장면을 아주 세세하게 그려내고 있다는 것을 알 수 있었다. 하나의 장면을 연거푸 반복해 찍으면서 미세하게 이런저런 것들을 조정해 나아가는 것이 매력적이었다. 하나의 대사를 전혀 다른 십수 가지 버전으로 연기하다니. 엄청나다. 그중에서도 내내 기억나는 장면은 어떤 NG 장면이었다. 의도대로 연기가 되지 않는지 연신 심각하게 고민하던 남자 배우는 상대역에게 이런 질문을 했다.

"나 지금 어떻게 말하고 있어?"

그러자 상대역의 배우는 남자 배우가 어떤 표정으로 어떻게 말을 하고 있는지 상세히 설명하기 시작했다. 이 대화는 한동안 내 마음에서 떠나지 않았다. 왜 그렇게 기억에 남았을까.

그 일이 있고 나서 얼마 지나지 않아 아내와 가벼운 언쟁을 하게 되었다. 당연하게도 이유는 기억이 나지 않는다. 사실 나는 '가벼운 언쟁은 존재하지 않는다, 격렬한 싸움의 초반부가

있을 뿐이다'라는 생각을 하며 살아왔다(그래서 아예 언쟁 자체를
안 하려고 노력할 때도 많다). 그런데 이날은 조금 달랐다. 이 언
쟁의 어느 시점에서 나도 모르게 이런 말을 했다.

"나 지금 어떻게 말하고 있어?"

아내는 잠시 어리둥절한 표정을 짓고, 내가 말하는 표정과
목소리 등에 대해서 이야기해주기 시작했다. 갑자기 우리 둘의
감정은 온데간데없이 사라졌고 언쟁은 대화로 변했다. 나는 이
때의 기억을 꽤 유용하게 간직하고 있다. 가끔 내가 어떤 얼굴
을 하고 어떻게 말하고 있는지, 소리 내어 상대방에게 물어보
는 것은 생각보다 신선한 경험이다.

자기객관화라는 단어는 마치 지혜의 정수인 것처럼 다루어
지는 말이지만 당연하게도 이루기가 지독하게 어렵다. 하지만
이렇게 누군가의 도움을 받는 건 생각보다 쉽다는 것을 알게
되었다. 쓰고 보니 뭔가 '참 잘했어요' 도장이라도 찍힐 법한 교
훈적인 마무리가 되어버렸지만. 아무튼 정말로 도움이 되어준
깨달음이니까.

나를 기다려준

<조제, 호랑이 그리고 물고기들>

만화 콘티를 짤 때 가장 신경 쓰는 부분은 누군가가 울음을 터뜨리는 컷이다. 그런 컷들은 오래 고민하며 그린다. 단순히 눈물이 뚝뚝 떨어지거나 줄줄 흐르는 장면을 그렸다가 계속 고쳐 그리는 나를 발견하고 궁금해졌다. 언제부터였을까.

20대 내내 나는 천재들과 지냈다. 매일같이 악기를 연주하던 내 주변에는 재능이 반짝이던 천재 친구들이 많았다. 본인들은 부정하겠지만 내 눈에는 그들이 굉장히 빛나 보였다. 음악을 언어로 사용하던 그 친구들의 세세한 감수성 사이에서 지내면서 나는 많은 순간 그들과 동류임을 연기하며 살았다. 그들이 느끼는 것을 나도 함께 느끼고 있는 척, 그들이 나누는 대화에 나도 함께 온전히 소속되어 있다는 기만. 친구들이 어떤 앨범에 감탄하면 나도 눈을 감고 감동하는 모습을 연기했던 적이 많다(덕분에 알게 된 걸작들도 많지만 솔직히 고백하자면 열 개 중 여덟 개의 음반은 나에겐 너무 난해했다).

음악에만 국한된 일은 아니었다. 새 영화가 개봉하면 친구들은 대중적인 블록버스터보다 아트시네마에서 작게 개봉하는 숨겨진 작품들에 열광했고 나는 옆에서 그들을 따라 고개를 끄덕이던 순간들이 많았다.

그렇게 나 혼자 작가 놀이를 하던 20대 중반, 이누도 잇신 감독의 영화 〈조제, 호랑이 그리고 물고기들〉이 개봉했다. 호평이 이어졌고 친구들은 열광했다. 가장 가까웠던 친구 두 사람과 함께 차를 마시며 〈조제, 호랑이 그리고 물고기들〉에 대한 두 친구의 찬사를 듣다가 정신을 차려보니 이번에도 역시, 나도 모르게 고개를 끄덕이고 있었다.

"그 영화 참 멋지지."

하지만 솔직히 말하자면 나는 당시 그 영화에 감탄하고 있지 않았다. 나는 당시 상영 중이던 〈인크레더블〉에 더 감동하고 있었다.

수년이 흐른 뒤 우연히 〈조제, 호랑이 그리고 물고기들〉을 다시 볼 기회가 생겼다. 솔직히 말하자면 과거의 저런 기억들 때문에 반갑기보다는 마음이 무거웠다. 보고 싶지 않았다. 영화가 시작되자마자 적당히 자리를 뜰 생각도 있었다. 그러나 놀랍게도 다시 만난 츠네오와 조제의 이야기는 너무나도 달랐다. 아프고 아름다웠다. 아름답고 슬펐다. 과거 친구들의 대화를 모두 이해하게 만드는 컷들이 계속해서 이어졌다. 그리고 마지막 장면, 츠네오가 울음을 터뜨리는 장면에서 나는 너무나 절절하게 울고 있었다. 분명히 과거에 봤던 작품인데, 무엇이 달라진 것일까.

그때부터였다. 누군가가 우는 장면을 그릴 때 고민하게 된 것은. 내 만화에서 울음을 터뜨리는 사람들은 다들 조금씩 츠네오의 모습을 하고 있다는 느낌을 받는다. 덤덤한 표정, 잠깐의 망설임, 그리고 이어지는 일상. 그러다가 느닷없이 찾아오는 어떤 순간에 터져버리는 눈물.

가만히 되돌아보면 참 많은 작품들이 나를 기다려주었다. 〈시네마 천국〉이 그랬고 발자크의 『잃어버린 환상』이 그랬으며 마르케스의 『100년 동안의 고독』이 그랬다. 아마도 내가 변했을 것이다. 그리고 변해가는 나를 계속해서 같은 자리에서 기다려주었던 수많은 작품들이 있는 것이다. 꽤 어린 시절부터 스스로를 작가 지망생으로 규정짓고 살아왔다. 그러다 보니 나의 솔직한 감상에 귀를 기울이기보다는 내가 느껴야만 할 것 같은 감정을 변검처럼 뒤집어쓰며 지내왔다. 자기 스스로를 어떠한 호칭으로 규정짓고 살아가는 것은 많은 경우 갑옷처럼 든든하지만 동시에 구속복 같은 함정이 된다는 생각을 한다.

'펜 목걸이'로 고백했던 나의 흑역사를 포함해서, 대부분의 부끄러웠던 지난 기억들은 '내가 아닌 나'를 연기할 때 시작되었다. 현재의 나와 언젠가 되길 바라는 나 사이에서 엉거주춤하게 서 있다가, 일상 속의 특정한 순간에 나도 모르게 전자를 박차고 후자를 선택하는 것이다.

하지만 그 사실을 인정하고 깨닫게 된 시점 이후로 나는 나에게 어렵고 난해한 무언가를 만나거나, 나 혼자 이해하지 못하는 듯한 작품들을 만나면 두려움과 초조함을 느끼기보다는 기약을 하게 되었다. 지금은 아니지만, 나중에 다시 만나자. 그리고 나도 그런, 누군가를 기다려줄 수 있는 이야기를 만들고 싶다. 그건 그렇고 이 글을 쓰다가 생각나서 다시 본 애니메이션 〈인크레더블〉은 역시 정말 멋졌다. 다시 봐도 최고.

에이,
그건 냉면이 아니지

정확히 몇 년도인지는 기억나지 않지만, 20대 후반의 언젠가 북한에 갔다. 당시 나는 천주교 단체에서 드럼 연주를 맡아 하고 있었는데 한 해의 끝과 새해의 시작을 북한 금강산에서 맞이하는 평화 기원 행사에서 연주를 하게 되었다. 금강산에서의 기억은 모두 새로웠다. 휴전선에서 만난 비장한 얼굴의 북한 군인들, 라이브 오케스트라와 함께 진행되는 정말 신기한 서커스, 금강산의 절경.

하지만 싱겁게도 그중에서 가장 기억에 남아 있는 항목은 늘 냉면이었다. 내 생애 첫 평양냉면을 북한에서 맛보게 되었으니까. 그리고 그 기억은 대실망으로 남아 있다.

대실망. 다른 어떤 단어로도 대신할 수가 없다. 달지도 시큼

하지도 짭짤하지도 않은 이 이상한 육수는 도대체 뭐란 말인가. 롤플레잉 게임 캐릭터로 표현하자면 전사도 용사도 성직사도 힐러도 될 수 없는, 그 무엇 하나 특장점이 보이지 않는 어정쩡한, 소위 망한 캐릭터 같은 맛이었다. 그 이후로 맛집 블로그나 라디오의 맛집 소개 코너 등에서 평양냉면의 진미와 중독성에 대한 이야기가 나올 때마다 늘 시큰둥했다.

물론 첫인상으로 상대를 평가하는 것은 인지적 게으름이라는 나의 신념에 입각, 그 뒤로도 혹시나 하는 마음에 몇 번 유명하다는 평양냉면 집을 찾아가 맛을 보았다. 거듭 말하지만 나는 쾌락을 추구하는 데 있어서만큼은 게으르지 않다. 그러나 그때마다 돌아오는 것은 '미안해, 그래도 우린 맞지 않아…'라는 차가운 거절의 맛뿐이었다.

그렇게 평양냉면과 슬픈 평행선을 그리며 하루하루를 살아가다가 결국 포기한 채 수년이 흘렀다. 그러다가 몇 주 전 친한 라디오 피디 형님의 손에 이끌려 한 평양냉면 집에 가게 되었다. 내키지 않았지만 나는 예의 바른 청년이기 때문에 어쩔 수 없이 따라갔다.

하지만 그곳에서 정말로 놀라운 재회를 하게 되었다. 뭐지 이 맛은. 이 은은하지만 매력적인 육수의 맛. 얄밉도록 쫄깃한 면발 대신 부드럽게 끊어질 줄 아는 겸손한 면발. 드디어 평양냉면의 맛을 알게 된 것인가. 아니면 그저 이 집이 특별한 것인가. 나는 그걸 확인하기 위해 그 이후로 몇몇 평양냉면 전문점을 찾아갔다. 이럴 수가… 변한 것은 나였다. 나는 왜 그동안 이 맛을 몰랐던 것인가. 잠들기 전 문득문득 떠오르는 맛이라더니, 바로 이것이구나.

그 이후로 며칠에 걸쳐, 나는 이 거대한 변화의 원인을 찾기 시작했다. 그리고 깨달았다. 지금까지는 평양냉면을 먹을 때마다 그동안 먹어온 함흥냉면을 늘 비교 대상으로 떠올리고 있던 것이다. 그렇다. 나도 모르게 내 안에는 '냉면이란 모름지기 이래야지'라는 일종의 냉면의 원형이 형성되어 있었다. 만약 그때 내가 평양에서 접했던 음식이 '평양냉면'이라는 이름을 갖고 있지 않았다면 어땠을까(예를 들어 육면이라거나 뭐 그런 거?).

웹툰이 처음 시작되었을 때 수많은 사람들이 이야기했다.

"이게 무슨 만화야."

지금은 유명해진 많은 동료 작가들도 신인 시절 그러한 반응을 들었다. 요즘에도 늘 "이게 무슨 만화야!?"라는 말을 듣는 후배 작가들이 등장하고 있다. 그러나 그렇게 말하는 사람이 만끽하지 못하는 즐거움을 누군가는 즐겁게 향유하며 살고 있다. 자기 자신 안에 만화의 원형을 견고하게 가지고 있는 이들이 절대로 즐기지 못할 새로운 쾌락을.

원형을 가지고 있으면, 안심할 수 있다. 그러나 안심하고 나면, 그뿐이다. 사람을 만날 때도 나는 나도 모르게 모종의 원형을 품에 안은 채 상대방을 마주했던 적이 많았던 것 같다. '에이 저건 예의가 아니지. 사람이 저러면 안 되지.'

하지만 이 말을 필요 이상으로 많이 하고 다닐수록, 새로운 친구를 만날 가능성은 적어지게 된다. 원형을 버리고 무언가를 만나는 건 언제나 용기가 필요하지만 적어도 그 덕에 내 인생의 쾌락 한 조각, 평양냉면이라는 항목을 추가하게 되었다.

지구인의
언어

영화 〈미지와의 조우〉를 보면 외계인과의 첫 만남에서 상호 소통의 도구로 음악이 쓰이는 인상적인 장면이 나온다. 예전부터 그런 생각을 했다. 인류가 외계인과 처음 만났을 때, 인류를 대표할 수 있는 사람은 어떤 종류의 사람일까. 오래전부터 음악가와 무용수는 반드시 들어갈 거라고 생각해왔다. 그리고 그 정도까지는 아니지만 나는 만화가 역시 상당한 소통력을 지닌 직군이라고 생각한다.

체코를 여행하던 당시의 일이다. 역시나 돈은 없었기 때문에 굉장히 터프한 모험의 연속이었지만 이곳에서의 경험은 일상 속에서 만화라는 예술 매체가 갖고 있는 어마무시한 소통력을 느끼게 해주었다. 체코는 다른 동유럽 국가들과 마찬가지로 영어권 국가가 아니다. 경찰이나 공공기관 직원들 중에서도 영어를 쓰는 사람이 적은 편이다. 그러니 일반 시민이나 동네 가게 점원들은 오죽하겠는가. 그래서 체코는 여행객에게 너무나 매력적인 나라임과 동시에 영어 사용자에겐 꽤 두려운 여행지다. 특히 아시아인이라면 그 두려움은 곱절이 된다.

이어지던 여행 때문에 슬리퍼가 다 떨어져버린 나는 프라하에 들러 짐을 풀자마자 가장 먼저 슬리퍼부터 사기로 했다. '추리닝'과 슬리퍼는 현지인의 복장으로 여행하는 나에겐 필수항목이다. 그러나 대형마트에 들어가는 순간 수많은 시선을 느낀 나는 당황하고 말았다. '동양 남성이다. 제기랄. 동양 남성이야. 길만 물어보지 마라, 제발'이라는 소리가 들리는 듯했다. 생글생글 웃던 점원들도 나와 눈만 마주치면 뭔가를 떨어뜨린 게 아닌가 싶을 정도로 시선을 피했고 경찰들도 내가 다가가면 흔들리는 동공을 어찌할 바 몰랐다. 내가 그들을 두려워하는 만큼, 그들도 나를 두려워했던 것이다. 원래 미지의 관계 속에서 겪는 두려움은 대부분 상호적인 법이니까.

한참을 서성이다가 도저히 안되겠다 싶어 지니고 있던 여행 수첩을 꺼내 간단한 그림을 그리기 시작했다. 단순한 선 몇 개로 슬리퍼를 그려서 가장 가까운 곳에 있던 불쌍한 점원에게

슬리퍼를 사기 위해

처음 이 메모를 보여주고 안내받은 곳은 화장실이었다.

발을 그려넣고 나서야 점원은 슬리퍼를 가져다 주었음.

그림 퀴즈도
아니고 …

다가갔다. 희생양으로 점 찍힌 그 점원은 얼굴이 벌게져서 어찌할 바를 모르다가 이내 체념한 표정으로 나를 마주 보았다. 그러나 내가 내민 수첩을 들여다본 그 점원은 이내 환한 미소로 내 손목을 잡고 어딘가로 안내하기 시작했다. 긴장과 두려움의 크기만큼 긴장이 이완된 후의 안도감도 컸던지 체코어로 연신 떠들면서(나는 체코어를 모르는데…). 이 경험에서 용기를 얻은 나는 은행, ATM 기계, 커피숍, 음식점, 거의 모든 곳을 한두 컷의 만화로 그려서 행인이나 경찰에 접근하기 시작했고 그들 대부분이 비슷한 반응을 보였다. 희열!

글이 들어가지 않더라도 연속된 컷으로 구성된 만화는 적어도 지구인들 모두와의 소통을 가능하게 하는 언어가 될 수 있다. 이는 독자로서 상식처럼 생각하던 사실이지만 직접 소통을 해야 하는 간절한 상황에서 몸으로 경험해보고 나서 좀 더 확신하게 된 사실이다. 가까운 동료 작가들 몇 명은 내가 여행에 불편하지 않을 정도의 영어를 구사할 수 있다는 점을 부러워하곤 한다. 하지만 그럴 때마다 나는 이렇게 답하곤 한다.

"당신도 만화가잖아. 그것 자체로 이미 세계 언어를 구사하는 게 아닐까요?"

나는 피규어나 장난감을 좋아한다. 수십만 원짜리 어마무시한 피규어는 언감생심이지만, 작은 건프라 등을 한 달에 한 번씩 틈틈이 사서 꾸준히 만들다 보니 어느새 작업실의 내 자리도 다양한 장난감과 프라모델에 둘러싸이게 되었다. 흔히들 만화가라면 모두 다 피규어나 건프라를 잔뜩 모으는 오덕오덕한 사람들이라고 생각하는 사람들이 많다. 박스조차 안 버리고 잔뜩 쌓아두는 이미지랄까. 완전히 부정할 수는 없다. 그러나 가끔씩 이런 종류의 취향을 덜 자란 어른이나 덕후의 취미 정도로 단순하게 표현되는 걸 들을 때는 뭔가 해명하고 싶어진다.

아내는 걸 그룹 '여자친구'의 팬이고 나는 '러블리즈'의 팬이다. 만약 누군가가 우리 부부에게 "걸 그룹이 다 거기서 거기지, 뭐"라고 한다면 "무슨 소리야! '러블리즈'와 '여자친구'가 어떻게 비슷해!"라고 대답할 것이다. 많은 사람들은 자기 자신의 취향이 다채롭고 섬세한 결을 가지고 있다고 생각하면서 타인의 취향에 대해서는 한마디로 뭉뚱그리는 것에 익숙하다. 하지만 당연하게도 모든 취향에는 그 사람의 인생의 결이 스며들어 있다고 생각한다. 피규어와 프라모델을 모으는 작가들 역시 저마다 스타일과 취향, 기준이 다르다.

저스툰에서 〈PTSD〉를 연재하고 있는 꼬마비 작가의 경우 역사적인 인물 중에서 자신에게 영향을 끼쳤던 동경의 대상(마츠다 유사쿠-일본의 전설적인 배우)이나 스스로에게 부족하다고 느끼는 점을 지닌 존재들(클린트 이스트우드)의 피규어를 모은다. 그에게 피규어 장식장은 신상을 모셔두는 만신전에 가깝다. 그리고 자신의 간결하고 귀여운 그림체에서 오는 결핍과 아쉬움을 달래기 위해 극사실적인 피규어만을 구한다.

한편 〈미션키트맨〉의 임덕영 작가는 엄청난 레고 마니아다. 장난감 전시회를 열 정도로 다양한 장난감과 피규어를 모았지만, 지금은 전부 팔아버리고 오직 레고에만 집중하고 있다. 그의 말에 따르면, 어린 시절에는 장난감을 사서 모아두고 가지고 노는 것이 좋았다면 지금은 직접 무언가를 만들고 싶어졌기 때문이라고 한다. 독자에서 만화가가 되듯, 소비자에서 창작의 영역으로 넘어가는 중인 셈이다(게다가 유부남 만화가에게 있어서 레고는 아이들과 함께할 수 있다는 엄청난 변명을 제공한다).

〈씬커〉의 권혁주 작가처럼 차기작 콘셉트의 참고 자료로 처음 피규어를 샀다가 그 길로 푹 빠지는 경우도 있다. '마이클 라우(만화가이며 자신의 작품 속 캐릭터를 피규어로 제작하는 아티스트. 힙합과 스트리트 스타일의 아트토이로 유명하다)'의 아트토이나 '애슐리 우드(호주 출신의 만화가 겸 일러스트레이터)'의 작품을 피규어로 제작한 '3A'의 피규어 등을 주로 모으는 그는 상상의 대상이었던 것들이 눈앞에 물리적으로 구현되어 있다는 지점이 만화와 비슷하다고 느껴서 매료되었다고 했다.

만화가로서 '정신이 늙어가는 것에 대한 방부제'라고 했던가. 〈트레이스〉로 한국 최초의 마블 사 연재 작가가 된 네스티캣(고영훈) 작가의 경우 레고와 핫토이의 히어로들, 〈신세기 에반게리온〉과 〈슈퍼 그랑죠〉같이 추억이 될만한 것들을 모은다. 그에게 있어서 피규어 컬렉션은 앨범에 가깝다. 그리고 아주 많은 작가들은 〈은밀하게 위대하게〉의 훈 작가처럼 어린 시절에 갖고 싶었지만 갖지 못했던 결핍을 충족시키기 위해서 피규어와 장난감을 사 모은다. 이제는 가질 수 있다는 것을 스스로에게 증명하는 기분에 솔직하게 공감했다.

나의 경우 마감이나 작가의 삶과 어떤 지점에서든지 연결되

*실제 대화를 그대로 옮겼습니다.

는 의미를 부여할 수 있어야만 비로소 구매하려고 노력한다. 예를 들면 쓰러져 죽은 야무치(드래곤볼)의 피규어는 마감 직후의 내 모습과 너무도 비슷하여 바로 구매했다. 아이언맨 피규어는 사지 않지만 〈아이언맨 3〉에서 슈트를 잃은 토니 스타크 피규어는 갖고 있다. 남의 집 창고에서 당장 구할 수 있는 것들만으로 일을 도모하는 모습이 연재 중인 작가의 모습과 너무 많이 겹쳐보였기 때문이다.

취향은 변화하고 가끔은 진화하기도 하지만 그 역사는 책장, 시디장, 장난감 진열장, 앨범이나 신발장 등 나의 일상 어딘가에 고대 벽화처럼 각인되어 있다는 느낌이 든다. 그런 타일 조각들이 모여서 한 인간이 고해상도의 캐릭터가 되는 것일지도 모르겠다. 나를 이해하고 알아나가는 데 있어서, 스스로의 취향을 복기하는 것만큼 좋은 방법은 드물다. 자신이 어떤 것을 볼 때 아름답다고 느끼는지 그 '미감'을 스스로 알고 있는 사람은 점점 드물어져 간다. 그러나 그걸 아는 것은 분명 내가 행복하게 지내기 위한 필수요소다.

88만 원의
생존 여행

    나는 지독한 여행 홀릭이다 보니 다양한 여행의 기억을 갖고 있다. 아무래도 무난하고 편한 여행보다는 고생했던 여행이 기억에 남는 편이다. 가장 기억에 남았던 여행은 88만 원으로 40일 동안 유럽을 다녔던 생존 여행이었다. 지금 생각해도 미친 짓이었지만 정말로 모험과 스릴로 가득했던 유럽 여행. 비행기 푯값을 제외한 액수이니 말만큼 초인적인 일은 아니지만 그럼에도 불구하고 어지간해선 따라 하지 않는 편이 좋은 이야기. 자세한 여행기를 모두 적으면 그것만으로도 책 한 권이 나올 것 같지만, 만화가로서 많은 걸 느꼈던 몇 가지 사건은 여기에도 소개하고 싶다.

만화가가 되기 전에도 늘 여행을 다녔지만 돈이 없어서 국내에서만 돌아다녔다. 고물 자전거로 여기저기 돌아다니기도 하고 돈 없이 떠난 주제에 캠핑이라고 퉁친 적도 많다. 하지만 데뷔작을 끝내고 나니 도지히 참을 길이 없어 모아둔 고료로 비행기 표를 예매했다. 첫 해외여행의 두려움보다는 첫 연재의 고통이 컸기 때문에 고민은 하지 않았다.

문제는, 여전히 돈이 없었다는 것. 여행을 떠나자마자 마음속에선 불안감이 생겼다. 아무리 내가 생존력이 강하다고 해도 90만 원 조금 안 되는 돈으로 과연 한 달을 버틸 수 있을까. 그러나 여행 초반에 들렀던 독일 뮌헨의 '호프브로이하우스'에서 나는 이 생존 여행이 가능할지도 모른다는 생각을 하게 되었다.

'호프브로이하우스'는 굉장히 넓은 홀에 각국의 여행객들이 들러서 술을 마시는 유명한 맥줏집이다. 넓은 홀 가운데에 위치한 밴드가 여러 나라의 곡을 연주해주는데, 약간의 돈만 내면 돈을 낸 사람이 사는 나라의 음악을 연주해준다. 그러면 그 넓은 홀 여기저기서 자기 나라의 음악을 듣고 맥주잔을 든 사람들이 일어선다. 누군가가 아리랑을 신청해서 덕분에 뮌헨에 와 있는 한국 사람들을 눈으로 확인했던 기억이 난다.

이곳의 테이블은 굉장히 넓다. 아직 초보 여행객이었던 나는 아직 뼛속까지 여행사 모드로 변하지 않았기 때문에 혼자 그 넓은 테이블에 앉아 있기가 두려웠다. 그래서 바로 들어가지 않고 가게 입구에 기대어 선 채 홀수 인원으로 구성된 여행객 무리를 기다리기 시작했다. 잠시 후에 세 사람으로 구성된 젊은 배낭족이 도착했다(뒤에 안 일이지만 그들은 뮌헨 대학 학생들이었을 뿐, 여행객이 아니었다).

"나를 무리에 끼워주면 내가 너희들 초상화를 그려줄게"라고 제안했고, 흔쾌히 수락한 그들과 동석한 나는 바로 그림을 그리기 시작했다. 맥주도 안 시키고….

그런데 이 친구들이 그림을 보고 맥주를 시켜주는 게 아닌가. 길쭉한 잔에 담긴 맛난 바이써. 그런데 아까 말했듯 이곳의 테이블은 굉장히 넓기 때문에 여러 무리가 섞여서 앉게 된다. 내 그림을 옆에서 보던 이탈리아의 친구들도 자기들을 그려달라는 제안을 했다. 그다음은 프랑스에서 온 커플, 마지막으로 내 옆에 앉았던 일본의 노부부. 그들의 얼굴을 그려주다 보니, 어느새 내 자리에는 온갖 맥주와 안주들이 그득하게 쌓여 있었다. 아직 동전 하나 안 썼는데 그날은 배가 찢어질 때까지 먹고 마셨다. 좋아! 이렇게 여행을 하면 되겠다!

물론 이 뒤에 일어난 각종 사건들이 그렇게 희망적이기만 한건 아니었다. 야간 열차에서 이동과 숙박을 겸하고 중앙역에서

캐리어를 껴안고 잠든 적도 많다. 숙소는 당연히 최악의 연속이었고 먹거리에 대한 치밀한 계산과 계획은 필수였다. 한 마을에 도착하면 제일 먼저 짐을 풀고 마트에 간다. 물 한 통과 식빵 한 줄, 가끔 스스로에게 미안해지면 페퍼로니나 치즈도 가장 싼 걸로 산다. 그리고 그 마을을 떠날 때까지 직접 만든 샌드위치만 우물거리며 돌아다닌다. 내 여행에서 음식이 중요해진 것은 조금 더 나중의 일이다. 이때의 나는 그저 다른 공간에 나를 놓아두고 싶었다.

이래서야 즐거운 여행이 되었겠냐는 생각도 들 수 있지만 물질적 결핍은 경험을 낳는다. 기회가 될 때마다 소지하고 있던 퍼커션(작은 타악기를 하나 가져갔다)과 블루스 하프로 거리 연주자들 사이에 끼어서 연주를 하고 크로키북에 그림을 그렸다.

그 기간 동안 내가 마주했던 경험을 한마디로 정리하면, '두려움에 익숙해지는' 과정이었다. 여행 중에는 마주하는 모든 것이 미지의 존재다. 사람도 거리도 먹거리까지도 새롭다. 인간은 모르는 것과 마주하면 두려움을 느낀다. 그 두려움을 이겨내기 위해서 누구는 공격성을 보이고 누구는 그 대상을 회피한다. 하지만 한걸음만 다가서면 두려움 바로 너머에 있을지도 모르는 희열을 보상으로 받을지도 모른다. 물론 그게 쉽다는 건 아니지만 잘만 하면 돈도 나온다.

뮌헨에서 네덜란드로 넘어갔을 때의 일이다. 당연히 돈을 아껴야 했기 때문에 가장 저렴했던 선박 모텔을 잡았다. 운하에 떠있는 선박에 객실을 꾸며놓고 손님을 받는 것이다. 내가 묵은 숙소의 주인은(선장이라고 불러야 하나) 엄청난 구두쇠였다. 나는 딱 봐도 돈 없는 여행객이었을 텐데 그런 내가 하루를 버티기 위해 만든 샌드위치를 하나 달라고 부탁할 정도로 돈을 아끼는 사장이었다.

며칠을 묵고 네덜란드를 떠나는 날 아침, 숙소에서 체크아웃을 한 후에도 기차 시간이 많이 남았던 나는 갑판에서 그림을 그리고 있었다. 이제 이 구두쇠 사장도 더 볼일은 없겠지. 나와 조금 떨어진 테이블에는 유쾌한 가족들이 모여 앉아 차나 맥주를 즐기고 있었는데 어린 남매 한 쌍이 지루함을 이기지 못하고 내 자리로 슬금슬금 와서 크로키북을 들여다보기 시작했다. 너무 귀엽게 생긴 남매였다. 아무 생각 없이 두 남매를 그리기 시작했다. 자기들을 그린다는 사실을 이내 알아채서인지 그 후로 삼십 분 가량 내 옆에 꼭 붙어서 떠나질 않았다. 마침내 다 그린 그림을 부욱 뜯어서 선물로 주었다. 알고 보니 숙소 사장의 조카였던지, 그 구두쇠 사장이 맥주와 샌드위치를 들고 와서 감사의 서비스를 주는 것이 아닌가. 여행 기간 동안 만나본 가장 짭조름한 인물에게서 이런 후한 서비스가 나오다니.

여행을 굳이 분류하자면 몸이 편하기 위한 '휴양', 명소를 둘러보는 '관광', 무작정 새로운 것 자체를 즐기는 '유람', 그리고 여행에 예측 불가능성을 살짝 양념 친 '모험'이 있는 것 같다. 나는? 당연히 모험파다. 원래는 유람파였지만 돈이 워낙 없었기 때문에 원하지 않아도 모험이 펼쳐지곤 했다. 그러다 보니 아무래도 빡빡한 일정 속에서 여기저기 이동하기보다는 한 여행지에 오래 눌러앉는 편이다. '88만 원 유럽 여행' 때는 숙박을 이동과 겸했기 때문에 어쩔 수 없이 눈물을 머금고 계속 이동했지만 유일하게 예외인 두 곳이 있었으니, 바로 이탈리아와 체코였다.

유럽의 기차는 대부분 6~8개 정도의 좌석이 서로를 바라보고 있는 단란한 분위기의 방처럼 생겼다. 서로 친한 사이라면 굉장히 아늑하지만 처음 보는 사람끼리 마주 보고 앉아야 하면 한국의 엘리베이터처럼 어색하고 불편한 공기에 질식할 수도 있다. 새로운 것에 대한 두려움을 일상적으로 겪을 수 있는 공간. 그날도 숙소 비용을 아끼기 위해 야간 열차에서 쪽잠을 잘 요량으로 자리를 잡았지만, 창밖의 알프스가 엄청나게 아름다워서 잠이 오지 않던 차였다. 그때 내가 있던 차량 칸으로 여행 중이던 젊은 이탈리아 부부가 들어왔다. 대단한 미남 미녀였기 때문에 살짝 홀린 듯이 쳐다보다가 눈이 마주쳐 목례를

했다. 이윽고 정신을 차린 나는 질식을 피하기 위해 산소마스크를 썼다.

내가 주로 애용하던 산소마스크는 여행 일지였다. 고개를 숙인 채 다이어리에 여러 가지를 끼적이고 있으면 마치 헤드폰을 낀 10대 소년처럼 방어막을 칠 수가 있다. 열심히 다이어리에 글자를 적어 내려가면서 슬쩍 쳐다보니 그 부부는 나를 흘끔거리며 자기들끼리 대화를 나누고 있었다. 그러나 나는 그 부부가 내 이야기를 하고 있던 것인지 전혀 몰랐다. 이탈리아어였으니까. 유럽에서 만난 사람들은 대부분 말을 거는 행위에 굉장히 익숙했다. 이것은 굉장히 많은 것을 느끼게 해주었다. 아무리 두려운 존재라도 가까이 가기 위한 첫 단계는 말을 거는 행위다. 물론 꼭 언어로 할 필요는 없지만 그들에겐 짧은 한마디가 관계에서는 위대한 도약이 된다.

나의 AT필드(애니메이션 〈에반게리온〉에 등장하는 에너지 장벽. 주인공들이 탑승하는 기체가 방어막처럼 사용한다. '타인과 교류하기 싫어 자기 내면으로 숨는 사람들이 자신과 타인 사이에 치는 마음의 벽'을 은유한다고도 한다)를 너무나 손쉽게 찢고 나에게 다가앉은 두 남녀의 눈은 반짝반짝했다. 그들은 한글을 처음 본 사람들이었다. 그들의 말을 빌자면, 한글이 마치 네모 세모로 가득한 고대 룬어 같아서 빠르게 적어 내려가는 내 모습이 꼭 마법의 주문을 외우는 마법사 같다는 것이었다. 가끔은 이렇게, 두려움의 대상인 새로운 것이 먼저 내게로 돌진하기도 한다. 선물이랍시고 그들의 이름을 한글로 적어서 짧은 카드를 써주었더니 내 예상보다 훨씬 더 좋아하는 게 아닌가. 그렇게 시작된 짧은 대화 끝에 그들은 명함을 내밀며 이야기했다.

"밀라노에 들를 일이 있으면 반드시 연락하세요."

연락하라는 말은 여행 중에 만난 사람들과 환담을 나누다 보면 높은 확률로 듣게 되는 말이었다. 벌써 10년 가까이 지난 지금은 어떨지 모르겠지만 그 여행 동안 친해진 거의 모든 사람들에게서 "자신의 동네에 오게 되면 연락하라"는 말을 들었다. 한국에서는 이 말이 당연히 예의상 하는 인사치레지만 나는 그때까지 몰랐다. 이 명함 덕분에 이탈리아에서 멋진 경험을 하게 될 줄은….

궁핍의 끝에서 여행을 하던 나는 이탈리아에서 여행을 하던 도중 로마에서의 일정이 끝난 후 반사적으로 야간 열차에서 만났던 젊은 부부를 떠올렸다. 마감 때는 쌀 포대도 입을 수 있는 나는 원래 패션의 도시 밀라노를 방문할 계획이 전혀 없었지만, 그 부부가 제공할 공짜 숙소는 매력적이었다. 더불어 다빈치의 도시라는 말은 패션 이전에 다른 매력으로 다가왔다. 놀랍게도 반갑게 나를 맞이해준 그 부부 덕에 나는 밀라노를 탐사할 수 있었다.

　밀라노가 나에게 선명한 기억을 각인시킨 이유는 여러 가지가 있지만 역시 제일 기억에 남는 것은 〈최후의 만찬〉이었다. 산타마리아 델레 그라치에 성당에 소장되어있는 이 작품은 누구나 알 정도로 유명했지만 직접 볼 기회는 없었기 때문에 로마에서 밀라노로 이동하는 기차 시간을 보고 아침 일찍 성당 측에 예매를 해 두었다. 〈최후의 만찬〉은 템페라화다. 시간이 갈수록 심하게 부식되기 때문에 이중문을 설치하고 한번에 정해진 인원만 출입할 수 있다. 그래서 예약이 필수인데 문제는 내가 이탈리아에 대해 무지했다는 것이다. 이탈리아 기차역 전광판에는 놀랍게도 아예 연착 항목이 기본으로 자리하고 있었다. 이 나라에서 기차란 늦는 것이 당연했다. 그렇게 밀라노에 도착을 하자마자 산타마리아 성당으로 달려갔지만, 내가 예약한 시간의 팀은 이미 들어가서 감상을 끝낸 후였다.

　직원은 느긋한 얼굴로 "어차피 다음 팀에서도 누군가 늦을 테니 그때 들어가라"고 했지만, 운이 없었던 탓일까 한 시간 반을 기다렸는데도 늦는 사람이 없었다. 포기하고 돌아서는 순간, 갑자기 직원이 내 가방을 보고 나를 불렀다. 내 가방에 달려있던 작은 퍼커션을 본 것 같았다. 직원은 그걸 가리키며 물었다.

원래는
차기작이 될 예정이었던 여행기 만화.
실제로 총 체류비가 88만 원이었다.

그러나…

나에게 계약하자 했던
담당자 A씨

"당신 예술가인가? 음악가?"

나는 마땅히 설명할 길이 없어서 "연주도 하지만 본업은 그림을 그리고 이야기를 만드는 사람이다"라고 답했다. 그러자 갑자기 그 직원이 누구와도 상의하지 않고 표를 끊으며 이야기했다.

"아티스트가 이 도시에 와서, 저 그림을 보지 않고 돌아가는 건 이 도시의 수치지. 지금 저 팀이랑 들어가."

오, 맙소사. 나는 굉장히 감동했다. 예술이라는 것을 통해 누군가와 유대감을 느끼는 경험은 그 자체로 멋지지만 이국땅에서 직접 겪어본 적이 없었기 때문에, 그 순간만큼은 어쩐지 한국인과 이탈리아인이 아닌, '같은 행성의 주민'이라는 느낌을 받았다. 우주 세계가 열린다면 이 직원과 나는 같은 곳 출신으로 표기가 되겠지. 그리고 우리는 예술을 사랑하는 사람의 항목에 함께 체크가 될 거야.

참, 밀라노에서의 멋진 인연을 만들어주었던 그 핸드 퍼커션. 프랑스에서는 오르세 미술관 입장 때 압수당했다. 파리에선 너나 할 것 없이 온통 예술가이기 때문일까.

사설견왕

  나는 잡다한 것들을 직업으로 삼고 있지만 그중에서 스스로 잘한다고 생각하는 일은 솔직히 별로 없다. 겸손해서가 아니라 정말로 잘하는 사람들을 너무 많이 봤기 때문이다. 하지만 이런 나도 자신 있게 말할 수 있는 것이 하나 있다. 나는 휘파람을 굉장히 잘 분다. 어느 정도냐 하면 돈을 받고 불 정도다. 모 밴드의 앨범에 돈을 받고 녹음 세션으로 참여할 정도였다(결국 그 앨범은 무산되었으나 나는 돈을 받았다). "어떻게 그렇게 휘파람을 잘 부냐"는 질문을 받으면 머쓱해져서 이렇게 답하곤 한다.

  "어렸을 때 친구가 적으면 휘파람을 잘 불게 됩니다."

  오해가 없길 바란다. 다른 휘파람 연주가나 혹은 내성적인 분들에게 상처를 주기 위한 표현이 아니라 순전히 칭찬이 어색해서, 나에게만 국한해서 하는 이야기일 뿐이다.

이사를 많이 다녔다. 다섯 개의 초등학교를 다녔으니 어린 시절부터 충실한 유목민으로 자라난 셈이다. 어린 나이에 매년 모르는 또래들을 만나게 되면 자신만의 생존 방식을 익히게 된다. 눈치가 빨라지고 조심스러워진다. 이 지점에서 대충 두 가지의 경로를 선택해서 타게 된다. 어차피 1년 뒤에는 안 볼 친구들이니 어느 이상 친해지지 않거나 혹은 최대한 빨리 친해지거나….

나는 성격 상 후자를 택했다. 하지만 지금 와서 생각해보니 나는 두 가지 경로의 중간쯤에 끼어있지 않았나 싶다. 최대한 빨리 친해지되, 어느 이상 마음을 주지 못하는 루트.

그 덕에 나는 '어린이를 위한 처세의 잡기술'들을 익혔고 부록으로 고독감이 따라왔다. 학교에서는 시끄럽게 놀았고, 하교는 늘 혼자 하게 되었다. 혼자 하교하는 길이 너무 심심해서 늘 휘파람을 연습하며 돌아왔다. 편하고 외로운 생활이었다. 새로운 학교에 전학을 가면 능숙하게 외로울 준비를 하고 자연스럽게 아이들 속으로 녹아 들어가곤 했다. 물론 참담한 실패의 해도 있었지만, 그 한해가 지나면 어차피 리셋이니까. 보통은 무리 없이 잘 이루어졌다.

그렇기 때문일까, 나는 동네 친구와 절친이라는 단어를 동경한다. 늦은 시간 동네에서 부담 없이 만날 수 있는 친구, 문 앞에서 부르면 나갈 수 있는 관계에 대한 갈증이 늘 있었다. 서로를 아주 깊이 이해해서 편안한 친구들. 나이가 들고 동아리와 밴드를 전전하며 그런 친구들이라고 여겨지는 멤버들을 만난 적도 몇 번 있었지만 나는 언제나 내 집단이 아닌 준거 집단을 바라보며 살아온 것 같다. 저들 중 한 명이 되고 싶다는 감각. 사춘기 때 졸업할 법도 한 그 느낌을 꽤 오래 둘러 입고 살아온 듯하다.

그래서 서른여섯이 되던 해 1월. 나는 하나의 모임을 조직해보자고 마음먹었다. 기준은 세 가지였다. 일이 아닌 놀이의 모임일 것. 지속 가능한 동기로 모일 수 있을 것. 그리고 서로를 이해하는 데 필요한 오랜 시간을 안전하게 넘어서기 위해 각자의 불편한 지점들을 공유할 수 있을 것.

그렇게 만들어진 모임이 '사설컨왕'이다. 서로 모르는 사람들이 모여, 밤을 새워 플레이스테이션을 한다. 각자 하는 일과 관심사는 다르고, 심지어 게임을 많이 즐기지 않던 사람마저도 즐거울 수 있을 모임. 〈컨 김에 왕까지〉라는 게임 소재의 티브이 프로그램에 출연했다가 너무 즐거웠던 기억이 떠올라 지은 이름이다(후보로는 '안전한 놀이터', '플스의 밤'이 있었다. 전자는 사

행성이 느껴지는 이름이라서, 후자는 엑스박스나 스팀을 배제하는 것 같아서 채택되지 않았다).

　평소 SNS에서 이야기를 나누다가 호감을 갖게 된 분께 이러한 의향을 비추자 너무도 흔쾌히 함께해주셨다. 각자가 믿을 만한 초기 멤버를 골라 초대를 하고 정식으로 초대장을 만들었다. 내가 호스트가 되어 숙소를 잡는 등의 잡다한 준비를 맡았고 함께 해주신 지인분이 전심으로 도와주신 덕에 이제 두 번의 모임을 가졌다. 초대장에는 멤버들의 간략한 소개와 함께 반드시 '자신을 불편하게 만드는 지점들'을 넣는다. 그리고 아직까지는, 다행스럽게도 모두가 즐겁다(제발 사실이길). 어른이 되어버린, 서로 너무나 다른, 서로를 모르는 사람들이 만나서도 오랜 시간을 들여 절친이 될 수도 있다는 내 생각은 과연, 수년 뒤 어떻게 판명될 것인가. 몹시 두근두근하다.

나를 구원할
쪽배는
어딘가에 있다

처음으로 음반을 모으기 시작했던 건 고등학교 2학년 때였다. 같은 반의 친구가 워크맨에서 시디 플레이어로 갈아타면서 그동안 모았던 테이프들을 한번에 싼값에 팔았고, 무슨 이유에서였는지 내가 그 100개가 넘는 테이프들을 한번에 다 산 것이다. 만화 도구를 사기 위해 모아둔 돈을 모두 썼지만 왠지 그러고 싶었다. 그 뒤로 한 달 동안 그 테이프들을 샅샅이 들었다. 그것은 일종의 '세례'였다. 그리고 나의 음반 탐닉이 시작되었다(나중에 깨달았지만 당시의 나는 일상의 괴로움 때문에 만화 이외의 무언가, 추가로 좋아할 대상을 찾고 있었던 것 같다).

매월 집에서 급식비를 받는 날이면, 당시 나의 절친과 함께 한 달 최저 생존비를 남겨두고 남은 돈으로 학교 앞 음반점에

갔다. 그 돈으로 살 수 있는 만큼 최대한의 앨범들을 샀다. 그리고 국진이빵, 피카추빵, 짜장범벅만으로 한 달을 버티곤 했다. 지금 생각해보면 성장기 청소년에게는 참으로 위험천만한 짓이었지만, 당시의 나는 그만큼 음악을 듣는 것에 미쳐 있었다. 하루키의 표현을 빌자면 '축음기에 머리를 처박고 게걸스럽게 음표를 먹어치우는 빅터레코드 사의 개' 같았다. 그 친구와 나란히 등나무 아래 벤치에 앉아 매일같이 빵을 씹으며 음악을 듣다 보니 이내 영양에 문제가 왔다.

하지만 등나무 앞에서 학생들에게 도시락을 나눠주던 도시락 업체 아저씨가 우리를 불쌍히 여겨 자습을 땡땡이친 학생들의 도시락을 버리지 않고 우리에게 주기 시작한 뒤로는 섭식의 문제도 해결되었다. 아마도 우리를 불우한 가정의 고학생쯤으로 여겼던 것 같다. 미안합니다, 아저씨. 지금도 감사하고 있습니다. 그때의 그 친구와는 훗날 재즈 빅밴드를 만들어 행복한 한때를 즐겼다.

당시 화장품 가게에서 물건을 담아주는 작은 종이 쇼핑백에는 음악 테이프가 다섯 개씩 네 줄로, 총 스무 개가 들어갔다. 책상 안쪽 가방 걸이에 그 쇼핑백을 걸어두고 매일같이 하루에 스무 개 남짓한 앨범을 들었다. 한 뮤지션의 전 앨범을 다 듣고 나면 앨범 자켓의 글을 샅샅이 읽어 연관이 있는 다른 뮤지션에게로 갈아탔다. 나중에는 음반점에서 마땅히 살 앨범이 없어서 눈을 감고 골라 잡힌 앨범들을 그냥 사기도 했다. 그렇게 구한 앨범들 중 리체(이상은)의 〈Asian Prescription〉이나 존 콜트레인의 〈Love Supreme〉은 로또 같은 앨범이었다. 허비 행콕과 소니 롤린스, 스티비 원더와 우탱 클랜도 그 시절에 만난 거장들이었다. 조용필의 위대함도, 이문세의 엄청남도 이때 깨달았다.

자연스럽게 나 같은 친구들이 모여들었다. 서로의 이어폰을 상대방의 귀에 꽂아주며 음악을 공유했다. 혼자 듣던 시기가 덧셈 같은 확장이었다면 이 시기의 음악 친구들과 보낸 시간은 곱셈적인 폭발이었다. 티스퀘어를 권해주고 카시오페아를 받았다. 존 스코필드를 던져주면 조 패스가 날아왔다. 음악 만화를 그리겠다는 나의 큰 목표도 이때 생겼다. 이 목표 때문에 나는 몇 년 후 악기의 세계에 입문하게 되었고, 결국 만화보다 먼저 음악으로 돈을 벌기 시작했다.

헤롤드 사쿠이시의 만화 〈BECK〉은 음악과 소년의 꿈을 그린 멋진 작품이다. 그 작품에는 유약한 주인공 소년 유키오와 함께 밴드를 하는 치바라는 래퍼가 나온다. 아프로 파마를 하고 랩 배틀을 하는 터프한 인물로 공수도까지 겸비한 강한 남자지만, 그도 학생 시절 왕따와 학교 폭력에 시달리던 외톨이

| 자주 듣는 질문 |

우리 애는 하루 종일 웹툰만 봐요!!

어쩌면 좋죠?!

| 무책임한 내 대답 |

물에 빠진 사람은 한 가지에만 집착합니다.
바로 **숨 쉬는 것**이죠.

뭔가 한 가지에만 지나치게 집착하는 것 같다면
지금 숨쉴 수 있는 구멍이
그것 하나만 남아있다는 뜻일 수도 있겠네요.

였다. 신나게 얻어맞은 얼굴을 한 학생 치바가 학교 옥상에서 헤드폰을 끼고 음악을 듣는 장면이 있다. 치바가 가장 좋아하던 뮤지션의 앨범이었다. 치바는, 그 밴드의 음악이 없었다면 자신은 살아남지 못했을 거라고 독백한다. 그는 한 밴드의 음악으로 인해 구원을 받은 것이다.

한국의 10대는 모두가 겁을 주는 망망대해를 각자의 작은 쪽배로 건너가는 느낌이라고 늘 생각해왔다. 그 과정 동안 운이 좋다면, 무언가 한두 가지에 의해 구원을 받을지도 모른다. 그건 좋은 친구나 멘토일 수도 있고, 우연히 접한 예술 작품일 수도 있다. 어쩌면 문학 교과서의 한 줄 글귀일 수도 있다. 나의 경우엔 만화와 음악이었다. 만화는 동력에 가까웠고, 사실 구원에 가까운 건 오히려 음악이었다. 만약 당신의 10대 시기가 이미 옛날에 지나가버렸더라도, 현재의 삶이 망망대해 같다고 느낀다면 여전히 우리 각자를 구원할 쪽배는 어딘가에 있다. 그것을 찾아내서 부여잡는 것은 사치가 아닌 생존의 문제라고 생각한다.

뻔뻔함과
무책임함이
필요하다

데뷔작 〈투자의 여왕〉을 만들던 당시 내가 취재하던 한 주식 투자가는 늘 의자를 거의 눕다시피 뒤로 젖혀 앉아 있곤 했다. 4개의 모니터에서 최대한 멀리 떨어져서 화면을 봐야 마음이 안정된다고 말하던 것이 인상 깊었다. 주식 시장의 그래프는 계속 올라가거나 떨어진다. 멀리 떨어져서 보면 결국 그래프는 서서히 올라가는 모양새이지만 직접 그 주식을 산 사람의 마음으로 그래프 위에서 살아가다가는 마음이 망가지게 된다고 했다.

자기 삶이면서 너무 무책임하다고 말할 수도 있겠지만 나는 무언가가 무서워지거나 혹은 무언가에 지칠 때마다 내 삶을 마치 남의 삶인 것처럼 쳐다보는 습관이 있다. 그러다 보니(좀 이상한 접속사 같지만) 에세이를 쓰게 되었다. 남의 삶에 대해서는 맘 편히 이야기할 수 있기 때문일까. 어쩌면 자기객관화라는 멋진 단어는 사실 무책임함의 최고 레벨일지도 모르겠다. 하지만 나는 바로 그러한 무책임함이 어느 정도 우리 삶에 필요하다는 말을 하고 싶었다. 자신을 객관적으로 바라보기 위해서는 먼저 뻔뻔함과 무책임함이 필요하다.

에필로그를 쓰려고 자리에 앉았을 때, 절묘하게도 이어폰에서 흘러나오는 즐겨듣던 팟캐스트의 한 게스트가 이런 이야기를 했다.

"확신이 없이 책을 쓰기란 쉽지 않죠."

그 말을 듣는 순간 눈앞이 캄캄해졌다. 맙소사. 나는 무슨 짓을 한 거야. 이렇게 마음이 흔들릴 때 오타쿠들은 자기 마음속에서 꺼내는 한두 가지의 명언들이 있다. 나의 경우는 〈천원돌파 그렌라간〉의 멋진 대사다.

"너를 못 믿겠다면, 너를 믿는 나를 믿어."

그래. 내가 가장 신뢰하고 좋아하는 작가분들이 추천사를 써주셨고 엄청난 베테랑 편집자가 원고를 봐주었으니 적어도 내 원고들은 세절기 앞에서 대기 중인 이면지보다는 나을 거야.

여기까지 내 에세이를 다 읽어주신 분들은 눈치채셨겠지만, 위에 적은 의식의 흐름은 내가 어딘가로부터 도망칠 때의 사전 작업에 해당한다. 여러분들도 이제 하나씩 실습 삼아 시도해보시길 바라며.

잘해야만 했고 버텨야만 했던 나를 구하는 법

그래, 잠시만 도망가자

초판 1쇄 발행 2018년 3월 26일
초판 5쇄 발행 2021년 5월 7일

지은이 이종범
펴낸이 이승현

편집1 본부장 배민수
에세이3 팀장 오유미
기획 서유상
디자인 송윤형

펴낸곳 ㈜위즈덤하우스
출판등록 2000년 5월 23일 제13-1071호
주소 경기도 고양시 일산동구 정발산로 43-20 센트럴프라자 6층
전화 031-936-4000 팩스 031-903-3893
홈페이지 www.wisdomhouse.co.kr

ⓒ 이종범, 2018
값 13,800원
ISBN 979-11-6220-328-6 03810